马经义 著

红楼文化基因探秘

四川大学出版社

项目策划：欧风偃
责任编辑：欧风偃
责任校对：荆　菁
封面设计：墨创文化
责任印制：王　炜

图书在版编目（CIP）数据

红楼文化基因探秘 / 马经义著. — 3版. — 成都：四川大学出版社，2022.4
（经议红楼）
ISBN 978-7-5690-4262-7

Ⅰ. ①红… Ⅱ. ①马… Ⅲ. ①《红楼梦》研究 Ⅳ. ① I207.411

中国版本图书馆CIP数据核字（2021）第009886号

书名	红楼文化基因探秘
	Honglou Wenhua Jiyin Tanmi
著　　者	马经义
出　　版	四川大学出版社
地　　址	成都市一环路南一段24号（610065）
发　　行	四川大学出版社
书　　号	ISBN 978-7-5690-4262-7
印前制作	四川胜翔数码印务设计有限公司
印　　刷	四川盛图彩色印刷有限公司
成品尺寸	170mm×240mm
插　　页	2
印　　张	10.25
字　　数	171千字
版　　次	2022年4月第3版
印　　次	2022年4月第1次印刷
定　　价	58.00元

版权所有 ◆ 侵权必究

◆ 读者邮购本书，请与本社发行科联系。
　 电话：(028)85408408/(028)85401670/
　 (028)86408023　邮政编码：610065
◆ 本社图书如有印装质量问题，请寄回出版社调换。
◆ 网址：http://press.scu.edu.cn

四川大学出版社
微信公众号

序

师 军

  这虽然是一本学术著作,但读来却如同欣赏一本精美的散文集;书中虽然提出了一个令人耳目一新的文化学理论,但理解起来却并不感觉高深与玄妙;作者虽然是一位"80后",但对红学研究的思索却处处闪烁着智慧,深沉而厚重……

  马先生在书中表达了一种学术观:任何一门"学"与"术"的思想,只有化为普通民众所能理解的方式,并让其学术精神与成果为大众所用,才能使学术具有生命和价值。这些朴实而富有使命感的话语,总能唤起我一种莫名的冲动。这可能就是语言与人格的力量!

  此时,我想起了余秋雨先生曾经讲过的一段话:"我们这些人,为什么稍稍做点学问就变得如此单调与窘迫了呢?如果每宗学问的弘扬都要以生命的枯萎为代价,那么世间学问的最终目的又是为了什么呢?……如果精神和体魄总是矛盾,深邃和青春总是无缘,学识和游戏总是对立,那么何时才能问津人类自古至今一直苦苦企盼的自身健全?"这一对对矛盾就像一个个魔咒,几千年来紧紧地套在中国的读书人头上。让人高兴的是,在马先生的这本书中,我似乎看到了一股正在化解"魔咒"的力量。它显得那么有力而生机盎然!

  对于一位以推广红学为己任的学者,要建立一座连接"学术"与"大众"的桥梁,可能是最费脑筋的问题。在这方面,马先生早已做过尝试。2008年,他的《中国红学概论》一书得以出版,就是一个非常好的例子。然而学术思想的推广与传播,其路径不外乎两种——语言与文字。马先生的红学讲座我曾经有幸听过。不是我在读者面前吹捧，那叫一个精彩——语言干净、简练、幽默、机智。如有机会听上一讲，您就会辨识我是否在说假话！马先生的文字，似乎和他的语言风格完全不同。如果说马先生的讲座语言华丽而精雕细琢，那么他的文字表达却飘逸而云淡风轻。为何有这两种风格，我一度纳闷。我曾问过马先生。他的回答让我疑云顿释，就四个字——"为了吸引"。他说，无论是讲座还是书籍，其目的都是传播思想；要达到传播的目的，第一步就是要吸引住人。讲座语言华丽而精雕细琢，是为了第一时间刺激受众的听觉；文字飘逸而云淡风轻，也是为了瞬间抓住读者的眼球。所以在这本书中，我们能读到一篇篇清新而淡雅的"学术散文"。我们可以随着马先生的文字"敞开自己的心灵，借着春天的生机盎然、夏天的热情洋溢、秋天的温情脉脉、冬天的银装素裹去乘物游心。在这被水养护着的园子中，他们可以不去顺应世间人为宣扬的规则，也可以不去聆听那些僵硬的教训，而在水的润泽中见心见性、倾听心声与水声……"

如果一位学者过分地强调自己的语言，可能会让你感觉"雕虫小技耳"，那么让我们来看看书中那个令人耳目一新的文化学理论——文化基因。

纵观中国文学史，我有一种感觉。它的发展就如同生命个体的成长一样，就像小孩子牙牙学语一样：最早是一个字一个字地说，慢慢地变成了一个词，后来开始说短句，最后学会使用复句，最终能准确地表达自己的情感和想法。中国的文学从形式上看，是丰富多彩的：她历经了上古的神话、两周的诗歌、先秦的散文、汉代的辞赋、唐宋的诗词、元代的杂剧、明清的小说以及近现代的新文学形式。但无论怎么变，中国人的审美方式、思维理念和贯穿在诗词、小说、散文中的精神气脉始终如一，亘古未泯。

为什么会这样，我百思不得其解；而马先生在文中一语道破天机——文化基因所致。什么是文化基因？马先生的定义是：

> 一个民族所秉承的世界观、价值观、人生观以及各种品质，在族人身上幻化成的举动、认识与思维；而这种举动、认识和思维会在不同的意识状态下自然流露，从而形成一个民族的生存样态，进而历经

承袭、演化、优胜劣汰并代代相传。

在"总论"中，马先生对"什么是文化基因"做了详细的解析。原来我们每一个人都受到文化基因的控制和支配。无论外在的环境怎么变化，文化基因就如同人类的DNA一样不轻易改变。

所谓"术业有专攻"。马先生是红学研究者，他用文化基因这一概念来研究《红楼梦》想达到一种什么样的目的？在《红学研究的"潜规则"》一文中，马先生说过这样一段话：

> 红学研究的第二个"潜规则"，就是必须神化曹雪芹。也许这是出于对曹雪芹的尊重。当研究者把《红楼梦》作为透视中国文化的窗口时，他看到的景致其实已经不在《红楼梦》中了。他可能会看见庄子的一双翅膀在遨游苍穹，看见孔子的一颗爱心在构建和谐，看见老子的一双慧目在辩证万物，看见韩非子的一对冷眼在直面人生……而就在这个时候，人们会满怀欣喜，欢呼雀跃，奔走相告：曹雪芹不仅是儒学大家，同时还是道家精英，更兼法家天才。久而久之，曹雪芹就从"人"晋升成了"神"。同样要命的是，把曹公摆上"神坛"也就罢了，还不让他下来，逼着人家"装神弄鬼"。

这段妙趣横生的表达，除了有一份学术式的幽默以外，更让我看到了一份关乎学术研究状况的忧虑——而这恰恰是马先生想解决的问题之一。

我不是红学家，但我却是一个红学迷，红学界的风波迭起总能牵动我的心。我始终有一个疑问：《红楼梦》只有一部，为什么却有上万部红学著作来诠释它？这似乎还是冰山一角，更麻烦的是它永远处于一种"待释"状态。专家学者们的分析与诠释，难道全是曹雪芹的有意安排？不可思议！如果不是曹雪芹的有意布局，为何又能让那么多的一流学者阐释出"理所当然"来？这一连串的疑问，我们可以从马先生的这本书中得到答案。如有不信，不妨细细读完。读完后，你必定会感叹：因为"文化基因"，所以"原来如此"啊！

你、我、他，包括伟大的曹雪芹，都生活在相同的文化传统之中。我们身上都承袭着同样的华夏文化基因，血液中也蕴含着同样的文化元素。曹雪芹用自己的生花妙笔为我们勾勒出一个唯美故事，而支撑着这个故事的所有哲理、思想、情感甚至审美方式都是文化基因。既然是这样，我们就没有必要神化曹雪芹——这不是在贬低曹公。就如同马先生所说，曹公已经将中国古代小说创作推向了极致与巅峰，还有什么比这个更荣耀的；我们一味地将曹公"神化"，反而会让他失去一份真实的美丽。所以，我们心平气和地让"曹雪芹回归地平线"吧！

郭沫若先生曾说："文艺是发明的事业。批评是发见的事业。文艺是在无之中创出有。批评是在砂之中寻出金。批评家的批评在文艺的世界中赞美发明的天才，也正自赞美其发见的天才。"我不敢说马先生是天才，但他的这一发现足以被"赞美"。

新的事物总会引来新的关注，新的文化概念更会引来新的争论。今天马先生抛出一个"文化基因"概念，就如同当年他抛出一个"梦幻结构"概念一样，想必少不了"口角是非"。这也印证了那句俗话：大路边上编草鞋——有人说长，有人说短。但无论如何，有益的探讨总能让人受益匪浅。

目 录

总 论

什么是"文化基因" …………………………………（ 3 ）

红楼文化基因 ………………………………………（ 12 ）

《红楼梦》——中国最大的文化心理暗示 …………（ 18 ）

探 得

从《红楼梦》中看儒家的文化基因 …………………（ 25 ）

从《红楼梦》中看墨家的文化基因 …………………（ 33 ）

从《红楼梦》中看道家的文化基因 …………………（ 39 ）

从《红楼梦》中看《易经》的文化基因 ……………（ 43 ）

从《红楼梦》中看"一分为三"的文化基因 ………（ 48 ）

从《红楼梦》中看"情"的文化基因 ………………（ 55 ）

从《红楼梦》中看"红"的文化基因 ………………（ 57 ）

从《红楼梦》中看"梦"的文化基因 ………………（ 60 ）

从《红楼梦》中看"十二"的文化基因 ……………（ 63 ）

从《红楼梦》中看"生死"的文化基因 ……………（ 65 ）

从《红楼梦》中看"宝玉"的文化基因 ……………（ 68 ）

从《红楼梦》中看"和谐"的文化基因 ……………（ 71 ）

从《红楼梦》中看"冷香丸"的文化基因……………………（75）
从《红楼梦》中看神话的文化基因……………………（79）
红学的源头在哪里？……………………（82）
红学所承担的历史使命……………………（84）
红学研究的"潜规则"……………………（87）
红学的导向……………………（89）
"大历史"与"大红学"……………………（91）
红学研究中的"门户"观……………………（94）
从刘心武的"秦学"反思红学研究……………………（97）

随　笔

曹雪芹与中国文人……………………（103）
贾宝玉心中的"书"……………………（106）
贾宝玉的现实意义……………………（111）
林黛玉的嘴与心……………………（114）
王熙凤的管理之道……………………（117）
门子的失误……………………（121）
《红楼梦》中的同性恋……………………（125）
《红楼梦》中的"死"……………………（129）
孙桐生与《红楼梦》"甲戌本"研究……………………（131）
王国维之死与《红楼梦》中的"自杀"……………………（135）
在西方人眼中"林黛玉"真成了"放荡的女人"？……………………（138）
读《闲话红楼——大观园的后门通梁山》……………………（142）

附　录

马经义对话四川大学《星期天》杂志社记者……………………（147）
读　后……………………（157）

总论

什么是"文化基因"

"文化基因"这个词，并不是我创造的。我最早接触这个词汇，是在红学家周思源先生的书中。是不是周先生首创，我也不能确定。后来我时常听见、看见一些学者运用这个词，但什么是文化基因，我却没有见任何学者解释过。也许，它不过是我们语言库中的一个符号，但是这个符号对我的冲击力却无比强大：我相信其中必定隐藏着一个巨大的文化秘密。

要诠释文化基因这个概念，恐怕不是我一个人的智慧能够做到的。所以在此行文，不过是抛砖引玉、求其友声罢了。

什么是文化基因？首先我们要从"文化"这个词说起。为文化定义，古今中外，代不乏人，但直至今日也未能有一个确切而普遍认同的概念。

在古代汉语中，"文化"是"文"和"化"的合成，原本各自有其相对独立的意思。"文"字最早见于甲骨文，字形为"仌"，其本意是指色彩交错的纹理。"后引申为装饰、修理和人为加工包括语言文字在内的各种象征性符号。"① "化"的最早出处，从现在的考证来看，是甲骨文中，"从二人，象二人相倒背之形"，一正一反，以示变化。"化"的本意是指生成、造化、变易等，最早是指事物形态和性质的改变，后被引申用于教行、迁善等社会意义。②

"文"和"化"的组合使用，最早见于《周易·贲卦·象

---

① 李少林：《中国文化史》，内蒙古人民出版社，2006年版，第3页。
② 田广林：《中国传统文化概论》，高等教育出版社，2006年版，第2页。

传》，其文曰：

> 观乎天文，以察时变；观乎人文，以化成天下。

所谓"天文"是指一切事物本身所具有的自然本性以及它们运行的自然规律。"观乎天文，以察时变"就是说，知道并懂得了万物的规律，便可以了解预测我们生存环境的变化律动。

所谓"人文"是指人类生存的样态，以及构建起来的人际关系、社会网络和特有的人伦秩序、民风民俗，等等。"观乎人文，以化成天下"就是说，了解了人们的生存样态，便可以根据不同的情况采取不同的措施，对民众"因势诱导，随宜教化，以求得理解治局的实现"[1]。

真正将"文"与"化"连起来使用的人是西汉的刘向，他在《说苑·指武》中说：

> 圣人之治天下也，先文德而后武力。凡武之兴，为不服也，文化不改，然后加诛。夫下愚不移，纯德之所不能化，而后武力加焉。

这时的"文化"与"武力"相对，才有了"文而化之""以文德教化天下"的含义。但与此同时，"文化"便紧紧与政治相连，变成了统治者"教化民众"、治理国度的一种精神工具。

文化就像空气，无形无状，不可触摸，当我们试图伸手去抓住它的时候，它除了不在我们手中，似乎无处不在。

文化的含义历来有广义与狭义之分。即便是这样，对于广义与狭义的范围，人们的界定都有所不同。例如《苏联大百科全书》定义文化，其广义为："是社会和人在历史上一定的发展水平，她表现为人们进行生活和活动的种种类型和形式，以及人们所创造的物质和精神财富。"而狭义的文化定义为："仅指人们的精神生活领域。"《不列颠百科全书》定义文化，其广义为："总体的人类社会遗产。"其狭义为："文化是一种渊源于历史的生活结构的体系，这种体系往往为集团的成员所共有，包括语言、传统、习惯和制度，包括有激励作用的思想、信仰和价值，以及它们在物质工具和制造物中的体现。"

---

[1] 田广林：《中国传统文化概论》，高等教育出版社，2006年版，第2页。

不难看出，《不列颠百科全书》对文化的"狭义"定义就比《苏联大百科全书》要广泛得多。

那么在中国，"文化"又被定义成什么样呢？

梁启超认为："文化者，人类的心能所开积出来之有价值的共业也。""文化是包含人类物质精神两面的业种业果而言。"

蔡元培认为："文化是人生发展的状况。"

梁漱溟认为："文化，就是吾人生活所依靠之一切。""文化……是那一民族生活的样法。"

陈独秀认为："文化是对军事、政治（是指实际政治而言，至于政治哲学仍应该归到文化）、产业而言……文化底内容，是包含着科学、宗教、道德、美术、文学、音乐这几样。"

冯友兰认为，文化就是历史、艺术、哲学的总合体。

黄文山认为："文化的内容，是由人类过去的遗业所构成的。所谓遗业，在性质上是积累的，而积累是一种客观的、历史现象。""文化现象，以内部状态为最重要，故心理的，统形的方法，值得重视。"

这么多对文化的定义，虽然立足点与切入方式不同，但自始至终，从古至今，都牢牢抓住了一个核心——文化是区别于自然万物的、人创造的或即将创造的一切。用四个字代替，文化就是"人的存在"。

既然文化是"人的存在"，那么人的生存要依赖物质，便有了"物态文化"；人有自己的所思所想，便有了"心态文化"；人有自己的言行举止，便有了"行为文化"；人是群居动物，有了群体，就必须有相应的原则，便有了"制度文化"。这便形成了文化的四个层面，四个层面相互依存，相互支撑，缺一不可。

在文化的四个层面中，"心态文化"是核心，它影响、支配着其他三个层面。"心态文化"绝对不是一个人或者某几个人的心理状态，而是一个民族、一个国家长期保持的一种心态特征。"物态文化"会随着生产力、生产方式的不同而发生改变；"行为文化"也会因为物质条件的变化而改变。当人们的物态文化、行为文化发生改变之后，一个集体、一个民族的制度也会主动去适应其变化，"制度文化"从而也就随之改变。但是自始至终，这个群体的"心态文化"是不会改变的。这个"心态文化"说白了，就是指人们的"思维方式，价值观念，审美情趣，以及由此而产生的文、史、哲等意识形态"[①]。从这个层面上来说，"心态文化"就是"文化基因"。

在此，我们还需要强调一个非常重要的后缀——"基因"。"基因"原本是生物学中的一个概念。它是遗传的物质基础，是DNA（脱氧核糖核酸）分子上具有遗传信息的特定核苷酸序列的总称。它最大的特点就是能通过复制把遗传信息传递给下一代，使后代出现与亲代相似的性状。我们借用生物学中的这个词汇，就是想借用基因有"遗传信息给下一代"的这个特性。换句话说，文化基因同样具有生物基因的这一特点。

从生物学上来说，人类大约有几万个基因，储存着生命孕育、生长、凋亡等过程的全部信息。它们通过复制、表达、修复，完成生命繁衍、细胞分裂和蛋白质合成等重要生理过程。中国文化有多少个基因，现在不得而知，但是文化基因的存在是肯定的。我们似乎从来没有触摸到文化基因，但是它就像一股朴素而永恒的气息，自始至终地跟随着你，呵护着你的心灵！它的脉搏亘古未歇。它穿越在我们的思维之间，扎根在我们的灵魂深处。

生物基因是生命的密码，记录和传递着遗传信息。生物体的生、长、病、老、死等一切生命现象都与基因有关。它同时决定着人体健康的内在因素，与人类的健康密切相关。同样，文化基因是一个民族的精神密码，记录和传递着一个民族的精神气脉——民族的兴盛衰败都和文化基因紧密相连。可以说，它决定着一个民族的生存样态和思维方式。

生物基因在传递遗传信息的时候，是自然而然的——我们的身体是不会有感知的。文化基因在传递文化信息的时候，同样是顺其自然的，没有刻意而为。我们在承袭文化的时候，一切都是那么和缓，悄无声息地渗透着。

如果我们把文化比喻成一个人，这个人可能会经历不同的时代。他的饮食、居所、衣着，都会因为时代的不同而发生改变。时代在历史中前进，生产力、生产关系变了，相应的制度也会变化；但是这个人的思维方

[①] 陶嘉炜：《中国文化概要》，北京大学出版社，2009年版，第2页。

式、价值观念、生活态度一旦形成，就会伴随他一生，直至他生命的终结。

比如中国人的名字。我们习惯把姓冠在名的前面。姓代表着一个家族或集体，名代表自己。为什么要这样安排姓名的顺序呢？这是因为我们民族的价值观念决定如此。在中国，家族观念或者说集体主义观念引导我们——当一个人的利益和家族或者集体的利益发生冲突时，家族或者集体的利益肯定是放在第一位的。这就是我们要把姓放在前而把名放在后的原因。这种文化基因一直延续到现在，历经几千年沧海桑田，而未曾改变过。

至此，可以总结出**文化基因的第一个特点：它是能够传承、延续并始终活在我们生活之中的一种文化状态。**

文化是需要人来展示的。也就是说，无论什么样的文化，只有在人的举动或者是在人创造的物件中才能展现出来。人在展现文化的时候，包括两个层面：第一是有意识的展现，第二是无意识的流露。

"有意识的展现"是文化基因的显性状态。因为这种文化基因被人承袭之后，人可以直接受益。这是人自己可以感知的。例如我们中华民族最讲究孝——百善孝为先。我们爱自己的父母、长辈，就是孝的文化基因在我们的思想中起了作用。这是我们都知道的文化教导。

"无意识的流露"是文化基因的隐性状态。这种文化基因仍然是被我们承袭的，但是我们自己没有感知。换句话说，我们不会因为知道而去做，而是在无意识之间做了。虽然如此，这种做法仍然是在文化基因的支配下发生的。

这里需要解释一下什么是"有意识"和"无意识"。有无意识，不是从人的生物感知上来说的。准确地说，这种"有无意识"，是指在文化层面有无意识。"文化有意识"就是指你知道这种思维、习惯、举动的原始根源。同理，"文化无意识"是指你根本就不知道自己的思维、习惯、举动是受到文化基因支配的。

在日常生活中，文化无意识发生的比例是最大的。也就是说，大部分文化基因是在隐性状态下支配着我们的言谈举止和思维方式。例如，我们时常告诫学生或者自己暗下决心——我们要用心学习、用心做事。"用心学习""用心做事"这两个词语所表达的意思,我们是清楚的。但是问题随之而来。现代科学告诉我们,进行思考的是脑而不是心,但是为什么我们仍然要使用"用心学习"这类词汇来规范和要求自己呢?这就是文化无意识,是文化基因在隐性状态下的支配作用所致。

中国文化历来被称为"用心"的文化。在几千年的文化历程中,人们一直相信人是用心来思维的,所以才有孟子"心之官则思"的言论。直到清代,一个叫王清任的学者才正式指出"灵机记性不在心,在脑"[1]。随着现代科技与医学的发展,人们普遍接受了用脑思维的客观事实,但是在日常生活中,我们为什么还要说"用心思考"这样的话呢?

有个事实我们需要认清——中国文化不太重视逻辑推理,也就是它的关注点在直观体悟上。所以,在中国文化中我们特别强调悟性。悟性的高低,成了判断一个人聪明与否最重要的标准。"用心的文化"的特征就是"注重心物交融,直观体悟,知情意相贯通"[2],所以当我们获得智慧的时候,我们往往会说"可意会而不可言传"。似乎这一切都需要我们用心去揣摩,所以"用心学习""用心思考"这样的词汇就随之出现了。一言以蔽之,这就是一种文化无意识的表现。

这时,你可能会问:文化基因在什么情况下处于显性?又在什么样的环境中处于隐性呢?这就因人而异了。简单地说,在后天学习中你学到了怎样的文化,并在主观地使用这样的文化思维的时候,这种文化基因就处于显性。没有去系统学习的文化,不在我们的主观思维中,但它又在支配着我们的行为的时候,其基因就处于隐性。但是,无论后天学与不学,整体的文化基因都被你承袭了。只不过有些文化基因是在你有意识的层面上发挥作用,有些文化基因则在你无意识的状态下发挥作用。

那么,为什么大部分文化基因是在隐性状态下支配着我们的言谈举止和思维方式呢?一个人的生命、精力是有限度的,而华夏文化繁衍了几千年,浩瀚无边。一个人再聪明,再勤奋,他所学到的不过是沧海一粟罢了。所以,主观去承袭的文化基因就远远少于无意识承袭的文化基因,进

---

[1] 王前:《中西文化比较概论》,中国人民大学出版社,2005年版,第3页。
[2] 王前:《中西文化比较概论》,第4页。

而大部分的文化基因只能在隐性状态下发挥作用了。

至此，可以总结出**文化基因的第二个特点：文化基因有显性和隐性的状态之分**。对于承袭者而言，文化基因无论是显性还是隐性的状态，都会发生支配作用。

华夏文化有悠悠几千年的历史，成就了无数的学问，造就了众多的学术流派，形成了千姿百态的文艺风格，风流才子也众若繁星。正因如此才有了先秦子学、两汉经学、魏晋玄学、隋唐佛学、宋明理学、清代朴学、晚清新学；才有了我们引以为豪的唐诗、宋词、元曲、明清小说，等等。当我们对这些文化形式如数家珍的时候，我们会惊奇地发现一个问题：为什么同是中国人，同在一片热土之上，而历朝历代的文化形式会不一样呢？

这个问题可引出**文化基因的第三个特点：文化的外在表现会随着历史、社会变迁而变化，但是文化基因却相对稳定**。

这如同一个人：从他出生到死亡，外在环境的变迁、岁月的风刀霜剑对他的外貌进行雕刻，使他在每个年龄段都有不同的外貌特征，但是组成这个人的DNA通常是不会变的。

一种文化表现形式，会因为时代的变迁、社会的差异、经济制度的改变等原因，逐渐丧失它原有的地位与功效。于是，这种文化形式就定格在了一个特殊的历史时间段上。这种文化形式虽然定格了，但是它的文化基因会被下一种文化形式承袭下去。

例如，陶渊明、李白、曹雪芹，生活在不同的时代；但是如今，当我们拜读三人的作品之时，都能体会到一种精神气脉——孤独、贫穷乃至死亡都不能剥夺的骄傲，三人的作品形式却不尽相同。不同的，是文学的表现形式；相同的，是这一气脉，也就是我们所说的文化基因。

再如昆曲。它被尊称为"百戏之祖"，但是它的那种艺术表达形式，在当今社会并不"吃香"。换句话说，它不是这个时代艺术表现形式的主流，取而代之的是民族唱法、流行歌曲，等等。我们可以说昆曲这种文化形式凋亡了，但是我们现代的歌唱艺术又吸取了昆曲的优秀文化基因，不仅唱风有所吸取，还有愈演愈烈的"中国风"：有新版《红楼梦》电视剧人物服饰中的额装，有歌手对《牡丹亭》的新型演绎。这就是文化基因的承袭。

这便有了**文化基因的第四个特点：它无形无状，没有固定的形式，但它如同气场，只有生活在气场中的人才能承袭这样的文化基因。**

文化基因是人类的精神生命，也是一个民族乃至个人的精神支柱。从国家层面上来讲，一旦丧失了民族的文化基因，"国将不国""家将不家"。从个体生命层面上来说，人一生中难免遭遇绝境，难免走入低谷。这个时候就算是你的父母、爱人、亲朋好友，也许都只能心疼地眼巴巴地看着你，谁也没有办法帮你渡过难关。我们靠什么来支撑？唯有内心那一份清明的悟性，那一份通达、仁厚、博雅的情怀，那一份坦然、笃定的气势！这就是文化的力量！这就是文化基因在我们生命中发挥的作用！

但是只有生长或者长期生活在一个固定的民族中，文化基因才能被完全承袭。例如，一个具有中国血统的孩子，如果出生之后就一直被放养在别的国度，虽然他流淌着"龙的血液"，但是他仍然不会承袭华夏文化基因，他的思维方式也完全不同。

中国文化历经先秦两汉、魏晋南北朝、唐宋元明清。在不同的历史时期，文化形式就如同一棵大树上的树叶——没有两片是绝对相同的，但是文化气脉是一脉相承的。这就是历经几千年"中国文化"仍然是"中国文化"的原因。

文化基因的形成，最初是从一个民族所处的地理环境和生存方式开始的。但是，文化基因并非在一个时期或者一个历史阶段形成之后就不再生成新的；相反，它会因为文化的演变而产生新的成分。**文化基因的第五个特点就是：文化基因的生成不会固定在一个时代；在历史不断前进的过程中，因为新科技、新发明、新思想的不断涌现，一切新的信息渗透到文化的内核，经过一段时期的优胜劣汰，就会产生新的文化基因。**

例如，过年的方式就在演变。以往过年，我们办年货、熏腊肉、灌香肠、放鞭炮、穿新衣服、大年夜包饺子、贴春联、挂红灯笼、发压岁钱，等等，可以说，每一样都有它内在的含义。于是，这一切就慢慢演变成一种文化基因支配着我们过年的方式。但是随着时代的进步，新的元素又开始出现了。比如说当今中央电视台的春节联欢晚会，在20世纪80年代初形成一种文艺形式，在不知不觉中，它已经伴随着亿万中国人度过了三十多个除夕夜，久而久之，这种娱乐节目竟然成了中国各家各户过春节的"年夜饭"。艺人能上春晚也成为莫大的荣耀，艺人因为春晚一夜之间红遍大江南北的例子比比皆是。中国的老百姓喜爱春晚，于是这种过年的方式就演变成一种新的文化基因。

文化既然有基因，那么基因就应该有优劣之分。怎么我们只说优秀的而回避劣俗的呢？其实并不是回避，因为**文化基因有第六个特点：在文化基因的传承过程中，存在着优胜劣汰**。劣俗的文化基因会在承袭的过程中被人为地屏蔽掉，这类文化基因是需要被铲除的。

陈述了这么多，现在来给文化基因下一个明确的定义：**文化基因是一个民族所秉承的世界观、人生观、价值观以及各种品质，在族人身上幻化成的举动、认识与思维；而这种举动、认识和思维会在不同的意识状态下自然流露，从而形成一个民族的生存样态，进而历经承袭、演化、优胜劣汰并代代相传。**

红楼文化基因

曾经，西方的哲学家黑格尔在比较了各个文明古国之后，长叹一声说："只有黄河、长江流过的那个中华帝国，才是世界上唯一持久的国家。"持久的正是文化基因这一遗传特性。华夏文明正是因为有了几千年延绵不断的文化，才生机盎然地挺立在浩瀚的宇宙之中，滋养、孕育着一代又一代的炎黄子孙。

从《红楼梦》中看中国文化的基因，是红学研究的一种崭新的尝试。红学研究历经两百多年，可谓气象恢宏——对《红楼梦》的分析已经到了拆句拆字的精细程度。不知道这样的研究是登峰造极还是走火入魔？在红学史上，是是非非早有评说，所以我也不必在此赘文。

而我的这篇文章，正是用我提出的文化基因理论去寻找曹雪芹在《红楼梦》的文字表达中蕴含的中华文化精神与哲思。我把《红楼梦》中的这些智慧叫作"红楼文化基因"。它们有的是曹雪芹的刻意安排，也有的是曹雪芹无意识的流露。但无论如何，它们都是中华文化的精神气脉。

我着重关注红楼文化基因的隐性状态，看看曹雪芹承袭的文化基因是如何在无意识的状态下发挥作用的，即避开曹雪芹的主观意识而寻找文化基因在《红楼梦》中的种种外现。

我们如何来界定是曹雪芹的"有意识"和"无意识"呢？在回答这个问题之前，我们要放平心态，然后纠正一个潜意识中的错误——曹雪芹是神。可能是因为《红楼梦》的伟大，我们往往无限拔高曹雪芹的才能。这样神化一个人，正是因为我们有祖先崇拜这一文化基因，而事实上我们却要清醒，神不存在。

在《红楼梦》研究中，当我们费尽心思去诠释了一段文字之后，都会把自己诠释出来的意义"转交"给曹雪芹，然后下结论：这是曹雪芹的有意安排。这样一来就违背了曹雪芹的本意，同时也会将红学研究导向一个错误的轨迹。只要我们认识到文化基因的存在，很多事情都会迎刃而解，进而你会发现《红楼梦》并不是天书。

比如"儒"这个字先后有三种意思。最早的含义就是指那些在举行仪式时的司仪，是一种社会角色。后来教授"六艺"的老师被称为儒。到了孔子时代，儒是对具有知识的人的通称。

我们知道，《红楼梦》中的人名都是有内在的特殊含义的——曹雪芹给笔下的人物命名绝不会有丝毫的错乱。在大观园料理田地的叫"老田妈"，修理竹子的叫"老祝妈"，专管跑腿送东西的叫"老宋妈"。有一个仆人抱着英莲看花灯，无意丢失英莲从而引起一连串的变故，所以他叫"霍启"。其中的人名要么和人物的职业相吻合，要么和人物的性格相匹配，要么和故事情节相关联，要么和人物的命运相呼应。这样看来，给人物命名就是曹雪芹的刻意安排了。

《红楼梦》中的教师叫什么名字？比如贾瑞的爷爷贾代儒。他在《红楼梦》中是以教师的身份出现的，在私塾教授。"代"是他的辈分，和贾母是同辈人。曹雪芹用这个"儒"字，其实就是想表明他的职业。至此我们可以说，"儒"这个字的文化基因在曹雪芹身上是一种显性状态，所以他才有意识地把这个字运用到自己的书中。

除了曹雪芹有意识的安排之外，《红楼梦》中还有很多文化基因无意识的流露。例如《红楼梦》第十三回"秦可卿死封龙禁尉"中，秦可卿在给王熙凤托梦的时候，为家族命运担忧而献计献策，提出了两个重要的举措：

> 目今祖茔虽四时祭祀，只是无一定的钱粮；第二，家塾虽立，无一定的供给。依我想来，如今盛时固不缺祭祀供给，但将来败落之时，此二项有何出处？莫若依我定见，趁今日富贵，将祖茔附近多置田庄房舍地亩，以备祭祀供给之费皆出自此处，将家塾亦设于此。合同族中长幼，大家定了则例，日后按房掌管这一年的地亩、钱粮、祭祀、供给之事。如此周流，又无争竞，亦不有典卖诸弊。便是有了

罪，凡物可入官，这祭祀产业连官也不入的。便败落下来，子孙回家读书务农，也有个退步，祭祀又可永继。

在这段话中，你读到了什么？我读到了孟子。继孔子之后，先秦原始儒学的第二代掌门人就是孟子。孟子除了继承孔子的仁爱思想之外，还提出了一个理想的社会政治模式：行王道，施仁政。所谓王道，在《孟子·梁惠王》篇中有这样一句话："养生丧死无憾，王道之始也。"就是说，如果一个人，在你治理的国度中，生老病死而无怨无悔，这就向王道迈出了第一步。

那么要怎样才能做到王道呢？就是施仁政。所谓仁政，《孟子·滕文公》篇中说："民之为道也，有恒产者有恒心，无恒产者无恒心。"意思是说，要给老百姓一定的产业，要让他们有房子有地，他们才能安居乐业；只有人民安居乐业，才能天下太平。

为什么我们现在的房地产这么"热"？其中的原因错综复杂，但一个重要的方面是中国人的这种生存意识：有恒产者有恒心，无恒产者无恒心。这种生存意识从先秦就被系统化了。

当下，我们每一个人的潜意识中也存在这样的思想：只有在一个城市有了属于自己的房子，有了自己的产业，才算真正稳定下来。如果没有这些"恒产"，人们始终都会把自己看成一个匆匆过客——这就是一种文化基因的显现。

秦可卿的那段话表达了两个层面的思想。第一，就是在祖茔周围多多买地，买房子。因为就算获罪抄家，这些祖坟地作为用来祭祀的"恒产"是不会被抄没的。第二，就是好好地建设私塾。按我们现代的话说就是多多修建一些家族希望学校。以后抄家了，儿孙们也有书读，有房子住，再差也能解决温饱，甚至还可能东山再起。可以说，秦可卿这种置房置地的思维理念就来自孟子提出的"有恒产者有恒心"。不过秦可卿有更先进的思想，就是要大力发展教育。

但是曹雪芹当初在设计这段故事情节的时候，是不是就是想展示孟子的"恒产论"思想呢？恐怕不会！但是他又表现出了这样的理念，所以我们可以说，孟子"恒产论"的文化基因在曹雪芹身上是一种隐性状态，但是仍然在发挥它的作用。

再如《红楼梦》中的贾政。很多学者认为他是"假正经",所以贾政到底是真君子还是伪君子,便成了读者思考、辩论的问题。我们从君子的文化基因的角度来看,这个问题就迎刃而解了。

"君子"这个词,我们时时都能听见。什么是君子?似乎我们又给不出一个标准的定义。《论语》共计不过两万来字,"君子"这个词就出现过一百多次。君子最原始的基因成分就从这部书中来。

司马牛曾经问孔子,什么样的人才能称为君子?孔子回答:"君子不忧不惧。"司马牛很不理解地说:"不忧不惧,斯为君子乎?"(不忧不惧就可以称"君子"吗?——这是不是要求太低了?)孔子说:"内省不疚,夫何忧何惧?"意思是说,我们每一个人,当夜深人静面对自己的内心世界的时候,反省自己的心灵深处,能做到不疚吗?真正能做到不疚的恐怕寥寥无几。如果把自己心底那些鲜为人知的秘密一件一件摆在面前,你还能做到内心坦然,那你必定是一个真君子。所以,后来孔子给学生讲课的时候说:"君子道者三,我无能焉,仁者不忧,知者不惑,勇者不惧。"什么意思呢?孔子说,要成为君子,必须具备三个条件。在说出这三个条件之前,他谦虚地说,我恐怕是不能称君子了。哪三个条件呢?仁者不忧,知者不惑,勇者不惧。

什么是仁者不忧?就是说,一个人有了一种仁义的大胸怀,他的内心就无比仁厚宽和,所以可以忽略很多细节而不计较,可以不纠缠于小的得失。只有这样的人,才能真正做到内心安静、坦然。[①]

什么是知者不惑?"知者"不是说拥有某种技能的人,而是具有大智慧的人。当年孔子的学生问孔子,什么是智?孔子只给了两个字"知人"。

真正的智慧是一个人储备了足够的知识,再通过悟性的提炼,让认知达到一个更高的境界,从而面对人生、社会与人性,面对纷繁复杂、形形色色的关系网络,能做出更好的判断。

什么是不惑?从现实层面来说,就是明白自己的取舍,让自己内心的选择力更强大。在当今这样一个物质极度丰盛的年代,在这么一个信息大爆炸的时代,困惑我们的往往不是无处选择,而是无从选择。我不知道这

---

① 于丹:《于丹〈论语〉心得》,中华书局,2006年版,第54页。

样的丰盛，对于人来说，是一种幸福还是一种悲哀。选择本身就意味着放弃。这是无可奈何的现实，也是"鱼和熊掌"不可兼得的哲学真谛。我们千万不要因为放弃而郁郁寡欢，事实上我们握住的永远是当下，选择的是未来的方向，驾驭着的是属于我们的快乐。我们对选择与放弃应该要有一份豁达和通透。

什么是勇者不惧？真正的勇敢是建立在不忧、不惑之上的。勇敢是发自内心的强大，心灵的勇敢就是一种从容、笃定的气势。我记得苏轼在《留侯论》中阐释过真正的大勇："古之所谓豪杰之士者，必有过人之节。人情有所不能忍者，匹夫见辱，拔剑而起，挺身而斗，此不足为勇也。天下有大勇者，卒然临之而不惊，无故加之而不怒。此其所挟持者甚大，而其志甚远也。"

一个人吃了一点小亏，受了一点小气，立马拍桌子大吼一声"兄弟们，关门，放狗，抄家伙，杀人"，这是匹夫之勇。真正的勇者，是泰山崩于前而不乱，受了一些委屈、冤屈而不会勃然大怒。他知道世间自有公道在，不会因为这些小事去折磨自己的内心。

其实，无论是仁者不忧、知者不惑还是勇者不惧，都是一个真君子在自我层面的要求。贾政是否这样要求自己，我们不得而知，所以我们只能再换一个角度来认识：在他人层面上来说，君子又需要怎样的状态呢？孔子同样给出了答案："老者安之，朋友信之，少者怀之。"

让你的长辈们都为你放心，朋友们都信赖你，晚辈们都喜欢你——从他人这个层面上来说，你就算完美了。

贾政在《红楼梦》里是一个正统的封建家长，但我们不能因为对那个时代有所批判就去歪曲贾政的形象。贾政身上承袭了那个时代的文化思维。他恪守封建礼教，在那个时代并没有错。所以评判一个小说人物，千万不能离开这个人物生活的历史背景，不然这个人就空了。我们按照"老者安之，朋友信之，少者怀之"的标准一条条地比对分析贾政的为人。

贾政是贾母最疼爱的儿子，因为贾政从小好学上进。父亲贾代善原本想让他从科甲途径去寻求功名，但是后来代善"临终遗本"一上，皇上体恤先臣，额外让他做了官。贾代善的爵位是让他的大儿子贾赦承袭的，这有两个原因：第一，贾赦原本平庸，但毕竟父母觉得他是自己的儿子，得让他有个出路；第二，就是因为贾政就算不袭爵也能自己挣得前程。后来二人各自成家立业，贾赦奢华放浪，按照贾母的原话："官也不好好做，左一个小老婆、右一个小老婆的放在屋里。"然而贾政勤俭持家，认认真真做事，得到皇帝的褒奖，职位也节节攀升。在"老者安之"这一点上，贾政做到了。

当年贾雨村复出，林如海特地写信给贾政，让他帮忙筹划，因为林如海知道贾政"绝非轻薄膏粱仕宦之流"，而是一个礼贤下士之人，托他办事，绝对放心。事实证明也是如此。当时贾雨村还担心在官场周旋的费用，贾政说"一切都不用担心"，后来"轻轻地"给贾雨村谋了一个应天府的知府职位。所以"朋友信之"他也做到了。

但是"少者怀之"就稍微欠缺了一点。你翻烂了《红楼梦》也找不出贾宝玉什么时候在想念他爹。一听见贾政要出差，最高兴的就是贾宝玉。当然这里是有原因的：贾政是一个严父，而严父又是《红楼梦》时代正统的形象。虽然贾政没有让少者怀之，但是他并没有做错。这样看来，从君子的文化基因层面来分析，在《红楼梦》时代，贾政应该是一个"真正"的君子。无论这一切是不是曹雪芹有意识的安排，文化基因已经渗透到他的字里行间。

文化基因这样一个新型的文化学概念，还有待于我们不断地挖掘、研究。从《红楼梦》看中国的文化基因，只不过是选择了《红楼梦》作为切入点而已。我一直坚信，《红楼梦》的意义就在于它是透视中华文化的窗口。窗口的价值不仅在于窗口本身，而在于通过窗口展示那一片绚丽的景致。所以《红楼梦》的价值也不仅仅在文本本身，而在于它背后的华夏文化，在于一个个闪烁着光芒的文化基因。只有通过对"红楼文化基因"的分析，我们才能正确认识并深刻理解这部旷世奇书。

《红楼梦》——中国最大的文化心理暗示

世人读《红楼梦》，见仁，见智；见易，见道；见宿命，见色空；见积极，见萎靡；见康熙，见雍正；见诸子，见百家；见历史，见文化。上天入地，无所不包；纵横古今，一览无余；芸芸众生，跃然纸上；人情冷暖，入木三分。《红楼梦》是小说，还是天书？曹雪芹，是凡人，还是妖孽？你说不清，他也道不明。但是，有个事实我们必须得承认：两百多年来，一本《红楼梦》把中国文人"忽悠"得晕头转向，把普通民众搞得稀里糊涂。这股无穷的力量到底源于何处？

纵观两百多年红学历史的风云变幻，细数震撼人心的学术观点，深入各家各派的思想渊源，你会发现：在红学的外壳下，隐藏着一个巨大的秘密——《红楼梦》是中国最大的文化心理暗示。

什么是文化心理暗示？我们首先得解释心理暗示。它原本是一个心理学专业术语，是指人接受外界或他人的愿望、观念、情绪、判断、态度影响的心理特点。它是人们日常生活中最常见的心理现象，是人或环境以自然的方式向个体发出信息，个体无意中接受这种信息从而做出相应的反应的一种心理现象。

心理学家巴甫洛夫认为，从心理机制上讲，暗示是一种被主观意愿肯定的假设，不一定有根据；但由于人在主观上已肯定了它的存在，心理上便竭力趋向于这项内容。根据心理暗示的定义，我们就可以剖析什么是文化心理暗示。

所谓文化心理暗示，顾名思义，就是指生活在同一种文化背景下的人，都承袭了同一种思维方式、哲学视角，秉承了同一种价值倾向，拥有了同一种对待天地自然的态度。当甲方用一种方式展示自己的文化思想的时候，这种信息被乙方无意之间捕捉到了；乙方又会通过自己秉承的文化理念，让这种信息再次展示出来：这就是文化心理暗示。

至于甲方用什么方式展示自己的文化思维，因人而异。可能是诗词，也可能是散文；可能是文字，也可能是图画；可能是动作，也可能是声音。而当乙方接收到这些信息的时候，他根据自己的理解，用不同或者相同的方式再次表现出来。需要注意的是，再次展示时原有的思想元素已不同程度地融入了乙方的价值理念，从而整合成一种全新的表现。

例如，在北洋政府时期，中国国旗是五色旗，由红、黄、蓝、白、黑组成。为什么用五色呢？官方解释说，这代表"五族共和"：红代表汉，黄代表满，蓝代表蒙，白代表回，黑代表藏。用文化心理暗示的观念来分析，"五族共和"是甲方北洋政府用自己的方式展示的文化思维，但是当乙方接收到这种信息而再次展示的时候就会发生变化。庞朴先生就分析说："国旗就是一个国家的旗帜、一个民族的图腾。之所以采用五色，是中华民族中五行观念决定了的。我们这个民族看到五行就比较舒服，有了五行就比较放心，如果这个五行再弄成五行所对应的五色就更放心了。"[1]庞朴先生的解释就是文化心理暗示后的一种再现。

用这样的纯理论来解释文化心理暗示，往往会让人一头雾水、不知所云。那回到具体的示例——《红楼梦》上来。

对于一般读者来说，一提到《红楼梦》首先想到的是贾宝玉、林黛玉、薛宝钗、王熙凤、刘姥姥等一大批人物形象。这印证了"人物塑造是一切优秀小说的基础"这句话。一位作家之所以不朽，是因为他创造了一位或几位不朽的人物。但是问题往往就出在这些人物上。对于这些活生生的人物，读者到底看到了什么？

对于贾宝玉，有人看到了庄子，因为贾宝玉向往"随风化了"的生死观念，正是庄子"不以乐生，不以恶死"的通透和豁达；有人看到了叛逆，因为他不入主流、厌恶功名、鄙视利禄。对于林黛玉，有人从她的

---

[1] 庞朴：《中国文化十一讲》，中华书局，2008年版，第63页。

《葬花吟》中看到了"怀春"与"悲秋"的文化表达。对于薛宝钗，有人从她"好风凭借力，送我上青云"的诗句中，看到了野心勃勃、暗藏杀机。对于史湘云，有人从她"也宜墙角也宜盆"的吟唱中，看到了中国式文人独有的洒脱与飘逸。对于探春，有人从她治家中看到了土地承包责任制的原型。

视角转向中国文坛大人物：他们又从《红楼梦》中接收到了怎样的文化暗示？胡适和周汝昌两位先生在《红楼梦》中看到了曹雪芹，看到了曹家的兴衰际遇、宦海浮沉。毛泽东在《红楼梦》中看到了轰轰烈烈的阶级斗争。王国维在《红楼梦》中看到了人生之苦痛与其解脱之道。刘心武在《红楼梦》中找到了康熙朝废太子胤礽的女儿。蔡元培在《红楼梦》中看到了康熙朝政治格局的风云变幻。这些阐释，在红学界早已不再新鲜。问题是，为什么会产生这样的不同反应？

首先，我要定义曹雪芹。他是一个人，是一个凡人，不是神仙，更不是妖孽。所以，对于一个普通而有才气的凡人，我们无须把他无限地拔高，把他供在庙堂，因为这不是曹雪芹的愿望，更不是他撰写《红楼梦》的初衷。他永远活在文化的时空中，这已经无人可及了，还有什么比这个更荣耀！当我们确定了曹雪芹只是一个凡人，什么都好解决了。

许多《红楼梦》读者，包括研究《红楼梦》的专家，在阅读了大量的红学书籍之后，都会起疑：曹雪芹真就想了这么多？设计了这么多？暗示了这么多？

我可以负责任地告诉你，不可能。这句话，也许会让我遭到红迷的攻击，因为"不可能"三个字，已经"亵渎"了曹雪芹天才般的能力。

但是对《红楼梦》的剖析文章早已汗牛充栋，上至一流学者、国学大师，下至平民百姓，个个分析得头头是道，都能自圆其说。你能说都是对的吗？我也可以负责任地告诉你，都是对的！也许你又想揍我了，"不可能"与"都是对的"，这不是前后矛盾吗！矛盾是因为你把曹雪芹作为焦点了，其实我们的视角应该对准《红楼梦》。曹雪芹不过是一位承袭了中国文化基因的作家而已。他个人的所思所想，绝对不可能超越百年来数以万计的红学研究专家的认知总和。

但是话又说回来，为什么那么多的大师级人物会看到不同的风景呢？

原因就是文化心理暗示。鲁迅先生在《中国小说史略》中对《红楼梦》做过八个字的评价——"正因写实，转成新鲜"。大家一定不要误认为"写实"就是写真实的历史、真实的人物，如果这样的思想一萌发，你就又掉进红楼梦魇里面去了，掉进万丈深渊不能自拔。而所谓"写实"不是写真实的历史和人物，而是艺术化地刻录：保持真实的文化基因、文化元素，再用艺术的手法刻录在书里面。

我们颂扬《红楼梦》时都会说它是封建社会的百科全书。但我认为，对《红楼梦》更好的理解，或者说更好的褒奖词，是传统文化基因的百科全书。

这个时候，你又会纳闷了：既然是百科全书，作者曹雪芹是刻录者，那么你为什么要用"不可能"来否定他的写作能力呢？其实我自始至终都没有贬低曹雪芹的意思，但是我们一定要承认一个事实：文化基因多数是作者在不经意之间自然流露的；当然也有作者的刻意安排，但其比例往往小于自然流露。这正是文化心理暗示的一个重要表现。

我在前面就说过，产生文化心理暗示的条件是：暗示人与被暗示人，生活在同一种文化背景下，有一种相通的文化思维。曹雪芹是暗示人，红学家和一般读者是被暗示人。我们与曹雪芹都生活在华夏文化之中，虽然相隔几百年，但是中华文化一脉相承，文化思维也一以贯之。这谁也否定不了。

当曹雪芹有意或者无意地将大量的文化基因注入《红楼梦》后，这本小说就被赋予了文化灵气，有了文化基因。慢慢地，红学家诞生了。同样在这种文化的渗透中，红学家们乃至一般的中国人，其血液中都流淌着华夏文化基因。这种基因又幻化成各自的思维和独有的言辞。当他们阅读《红楼梦》的时候，相同的基因一碰撞，立即就会产生相同的思想勾连，文化心理暗示便调动起来了。

文化基因有隐性和显性之分。在你身上庄子的文化基因呈显性，那么你在《红楼梦》的文化暗示中就会看到"道法自然"；在他身上解经文化阐释微言大义的文化基因呈显性，他就会在《红楼梦》的文化暗示中看见"排满"，看见康熙，看见雍正；如果在我身上佛家的文化基因呈显性，我就会在《红楼梦》的文化暗示中看见色空，看见因果。

所以，无论是红学大家还是普通读者，他们阐释的红学，其实都是一种文化心理暗示的自我表达。后世无从考证这种表达是否和曹雪芹当初设计的一样，但是这种表达的本身已经达到弘扬文化的功效了。

探得

从《红楼梦》中看儒家的文化基因

《红楼梦》之所以能深入人心,能让不同领域的文人、学者们找到一个可供参考的文化依据,不是因为它有一种外在的灌输,而是因为它有一份关乎文化基因的内在唤醒。我们感悟它,是因为它能让我们在那一刻怦然心动、醍醐灌顶。我们分析它,是因为它能让我们在繁盛而迷茫的物质文明中找到一组组属于我们传统文化的"基因序列"。

儒家文化,是中华传统文化的主流。这一点早已成为共识。从曹雪芹的思想意识层面上来说,无论他是想反封建还是批礼教,也不管他是尊道家还是崇墨家,儒家文化都如同一把刻刀,不经意间将一个个"基因元素"绕开曹雪芹的主观意识,雕刻在了《红楼梦》的文字背后。

儒家,作为一个学术流派,有着严密而自成体系的思想构架。孔子开创的儒家学派,历经了"克己复礼"的先秦原始儒学、"罢黜百家,独尊儒术"的汉代儒学、"理一分殊"的宋明理学以及"用西学解释中学"的近现代儒学几个阶段。可以说,儒家的思想与理念早已渗透到社会的方方面面。

儒家的思想,在我们普通百姓的日常生活中,绝对不是一种需要顶礼膜拜的学术权威,而是一种恒温的日常行为所需的思想。经过岁月的碾压,它早已成了一整套安排人间秩序的规则。

《红楼梦》只是一部小说,作者当然不可能在书中系统地讲解儒家思想。那么儒家文化的基因又是如何在书中故事里显现的呢?在回答这个问题之前,我们首先需要了解儒家文化历经千年的嬗变后沉淀下来了怎样的文化基因。

儒家的文化基因，主要集中在三个方面。

一、仁爱

什么是"仁"，学术界众说纷纭。孔子对什么是"仁"也会根据不同人的提问做出不同的解释。例如，司马牛问孔子什么是仁，孔子回答："仁者，其言也讱。"言外之意，真正的仁者，不是一个夸夸其谈的人。子张也问过同样的问题，孔子却回答："行五行于天下者，皆为仁。"这里的"五行"就是儒家的恭、宽、信、敏、惠。后来樊迟又问什么是仁，孔子回答："仁者，爱人。"言即关爱别人，就是仁。其实，无论是"其言也讱"，还是"恭、宽、信、敏、惠"，都是以"爱"作为基础的。于是，"爱"就成为儒家理论的核心和精髓。

儒家的"仁爱"，具体表现在三个层面。第一个层面，就是"亲亲之爱"。第一个"亲"是动词，第二个"亲"是名词。"亲亲之爱"化为日常行为，就是要爱我们的父母，爱我们的兄弟姐妹，爱我们的子女。因为儒家讲伦理秩序，所以儒家的"仁爱"是有层次和先后的——先爱谁后爱谁是不能乱来的。以家庭为例，谁的辈分最高，就排在被爱的第一位，而且被爱的"分量"也最多，以此类推。

对于没有血缘关系的人需要去爱吗？儒家的回答是肯定的。怎么爱？先是"老吾老以及人之老"，随后是"幼吾幼以及人之幼"，再到"四海之内皆兄弟也"。这仍然要分层次和顺序。所以我们不难发现，儒家的仁爱是有延展性和层递性的。

《红楼梦》中的爱就显现了这样的文化基因。例如《红楼梦》第二十八回，描写元妃赐下的端午节礼物：

> （贾宝玉）将昨日所赐之物取了出来，只见上等宫扇两柄，红麝香珠二串，凤尾罗二端，芙蓉簟一领。宝玉见了，喜不自胜，问："别人的也都是这个？"袭人道："老太太的多着一个香如意，一个玛瑙枕。太太、老爷、姨太太的只多着一个如意。你的同宝姑娘的一样。林姑娘同二姑娘、三姑娘、四姑娘只单有扇子同数珠儿，别人都没了。大奶奶、二奶奶他两个是每人两匹纱，两匹罗，两个香袋，两

个锭子药。"

从这些礼物的赏赐上，就能看出儒家"爱"的层次和等级。老太太在贾府辈分最高，所以元妃对贾母的爱就最多，给予的礼物也比谁都重。然后是父母这一辈的，分量递减。其次是兄弟姐妹。在兄弟姐妹这个层面，因为只有贾宝玉和元妃是一母同胞，血缘最亲，所以贾宝玉获得的礼物较之迎春、探春、惜春等又有所增加。当然，这里面有一个例外：薛宝钗的分量和贾宝玉相同。这是因为，在元妃心中，薛宝钗是贾宝玉未来的妻子。

就在同一回，因为林黛玉恼贾宝玉"见了姐姐就忘了妹妹"，贾宝玉情急之下说出了这样一段掏心窝的话：

> 我心里的事也难对你说，日后自然明白。除了老太太、老爷、太太这三个人，第四个就是妹妹了。要有第五个人，我也说个誓。

当初，我每每阅读至此都很纳闷：为什么一个自己心爱之极的人，一个寄托着自己无限情意的人，在贾宝玉心中却放在了第四位呢？了解了儒家文化基因在《红楼梦》中的显现，这样的问题就迎刃而解了。

"仁爱"表现的第二个层面就是"忠恕之道"。《论语·里仁》里面记载了这样一个故事：

> 子曰："参乎！吾道一以贯之。"
> 曾子曰："唯。"
> 子出。门人问曰："何谓也？"
> 曾子曰："夫子之道，忠恕而已矣。"

这个故事的大意是，有一天，孔子对他的学生曾参说："你知道吗？我做人、做事有一个一以贯之的理念。"曾参心领神会地说："我知道！"后来孔子出去了，其他师兄弟就问曾参："老师说的是什么意思？"曾参说："老师做人做事的理念就两个字——忠恕。"

什么是"忠恕"？用儒家的原话来解释，所谓"忠"，就是"己欲立而立人，己欲达而达人"。所谓"恕"，就是"己所不欲，勿施于人"。宋代理学家朱熹对"忠恕"作过精辟的解释，说："尽己之谓忠，推己之谓恕。"换句话说，尽自己的心就是忠，用自己的心推及他人就是恕。所以才有了"中心为忠，如心为恕"的概念。

对于"忠恕"，我们用可行性的方式来描述：忠诚于自己的心灵，善待你能善待的一切。这就是最最简单的忠恕。

拍拍胸脯，问问内心：我们做人的标准是什么？评判是非的尺码是什么？良知又藏在何方？对于人际交往，我们将心比心了吗？换位思考了吗？回答好这些问题，你就做到了"忠恕"。这些标准高吗？似乎举手可行，但是真正将"忠恕"一以贯之的人又有多少呢？

"忠恕之道"这一儒家思想在《红楼梦》中是如何显现的呢？其实，贾宝玉身上承袭着很多儒家的文化基因，例如先前所讲的"亲亲之爱"；而其"忠恕之道"尤为突出。在贾府中，贾宝玉最善待仆人，少有贵族公子式的傲慢与苛责，以致很多婆子背后闲话他说："连一点刚性儿都没有。"《红楼梦》第十九回，他房中的丫鬟们随意玩笑，赶围棋，掷骰摸牌玩乐，嗑了一地的瓜子皮，连李嬷嬷都看不过去了。这些下人们为何如此大胆？因为丫头们都知道宝玉不讲究这些，所以如此。"不讲究"不是因为贾宝玉不爱干净、整洁，而是因为他认为人与人之间没有高下之分，皆是父母所生所养，所以善待他们就是忠于自己的内心。

对待自己的兄弟侄儿，贾宝玉仍然如此。贾府的规矩是，凡做兄弟的，都怕哥哥。因为在封建宗法制度下，有"长兄如父"的观念，而兄长要做兄弟们的表率。《红楼梦》第二十回，贾环在薛宝钗房里和莺儿等丫头赶棋作耍，因为输了钱急了，便哭闹起来。刚好贾宝玉走来，贾环便不敢作声了。宝玉见了这般情景，问是怎么了，明白后便心平气和地让贾环到别处玩去，并没有伤刺责罚他。因为贾宝玉心里存着一个想法：

> 弟兄们一并都有父母教训，何必我多事，反生疏了。况且我是正出，他是庶出，饶这样还有人背后谈论，还禁得辖治他了。

从这些心理描写中，我们便可以看到什么是"尽己之谓忠，推己之谓恕"了。

"仁爱"表现的第三个层面就是"恻隐之心"。

什么是"恻隐之心"？所谓"恻"就是悲伤。"恻隐之心"就是对别人的痛苦和不幸表示同情，从自己的内心出发，能够体验别人的悲痛、别人的忧伤，从而不忍心让别人去悲痛和忧伤。

"仁爱"是儒家思想的核心。"亲亲之爱""忠恕之道""恻隐之心"又是"仁爱"的三步阶梯。我们都知道，儒家的爱是有差别和等级的。按照孔子的说法，一个人首先要爱父母，这就是"孝"；然后爱兄弟姐妹，这就是"悌"；再爱亲戚朋友，最后到"四海之内皆兄弟"，这就是"泛爱众"。但是以这样的方式递减下去，恐怕爱的"分量"也就所剩无几了，怎么办呢？于是，儒家给出了一个爱的底线——恻隐之心。我们不难看出，"仁爱"的三个层面是各司其职的："亲亲之爱"是基础，"忠恕之道"是方法，"恻隐之心"是底线。

从现实层面上来说，一个人的爱是有限的，无论是物质上还是精神上都有它的极限。但是天下之大，芸芸众生，万般苦难，谁能够去顾及那么多呢？所以如果我们在无能为力之时心存"恻隐"，就已经足够了。佛学将这种"恻隐之心"称为"善念"。

其实很多时候，我都被《红楼梦》中这种"恻隐之心"感动得一塌糊涂，因为它表现得那么真实，没有丝毫的做作。例如第二十九回，贾母带领众夫人、小姐们到清虚观打醮。因为是贵妃做好事，荣国府的老祖宗亲自去拈香，所以随从人员和执事仪仗非常繁杂。门前车辆纷纷，人马簇簇。到了清虚观，所有的道士都得回避。但一个十二三岁的小道士，拿着剪筒剪理各处的蜡花，因为手脚慢了一点，没有来得及回避出去，谁知一头撞在了王熙凤的怀里。凤姐便抬手照脸打了一巴掌，小道士摔倒在地，顾不得疼痛，爬起来就往外跑。谁知这个时候黛玉、宝钗等小姐下车，众婆子、媳妇正围随得水泄不通。突然一个小道士冲了出来，众人都喊起来："拿、拿、拿！打、打、打！"贾母忙问怎么了。凤姐上来说了原委，贾母听后忙道：

> 快带了那孩子来，别唬着他。小门小户的孩子，都是娇生惯养的，那里见的这个势派。倘或唬着他，倒怪可怜见的，他老子娘岂不疼的慌？

听听这话，多么让人尊敬的老太太！因为她疼爱自己的孙子、孙女们，所以有了"幼吾幼以及人之幼"；也是因为疼爱自己的孙子、孙女们，所以她最能体谅父母对孩子的那份关心和爱护，所以才有了"他老子娘岂不心疼的慌"的话。这就是"恻隐之心"。

二、正义

先秦原始儒学有三位代表人物——孔子、孟子、荀子。孔子是儒家学派的创始人，因为他出生在一个"礼崩乐坏"的时代，所以他提倡的学术从"克己复礼"开始，就是启发民众的道德自觉性。而要想达到"复礼"，就必须用"仁"作为途径，所以"仁"就成了孔子思想的内核。

孟子是孔子的孙子子思的学生，所以在学术思想上与孔子一脉相承。孟子不但承袭了仁爱思想，而且还进一步推衍，提出了"仁政"。孟子理解的"仁"不仅仅是一个用来正心、修身的道德规范，同时还是一个国家治理江山的根本理念。那么，一个国家"行王道，施仁政"需要具备怎样的观念呢？这就是"义"。

所谓"读孔得仁，读孟得义"。其实《论语》有不少的地方提到了"义"，但是孔子一般不把"仁"和"义"并列。到了孟子时期，"仁"和"义"就开始并列使用了。例如"不仁不义"这些词语，就是从孟子的思想体系中诞生的。

在孟子推行自己的思想时，"义"起到了什么样的作用呢？首先我们要知道"义"的意思。根据《说文解字》的阐述，"义"就是"己之威仪"。简单地说，就是一个人威风凛厉，震慑四方。易中天先生解释，"义"有两层意思，一是"该"，二是"灭"，合起来，就是"该灭"。[①]

因为孟子认为，治理国家、教化民众，只讲"仁"是不够的，因为不是每一个人都能完全做到"克己"，相反还有一些社会、家族的捣乱分子，所以就需要"义"来维护"仁"。"仁"讲"亲亲"，"义"讲"灭亲"。一个主生，一个主杀。但是"灭亲"的前提是这个人罪有应得，所以"义"就有了"该灭"的两重意义。有一点是孟子特别提出的，就是"杀一无罪

---

① 易中天：《先秦诸子，百家争鸣》，上海文艺出版社，2009年版，第291页。

非仁也"。就是说,"仁义"是相辅相成的,但是其间又有一个界限。滥杀无辜就是"不仁",该杀不杀就是"不义"。

《红楼梦》中,也显现出"正义"的文化基因。例如第三十三回,因为蒋玉菡的事情,忠顺亲王府派人来贾府找贾宝玉要人。贾政知道此事后,气得半死。谁知贾环又在贾政面前歪曲金钏之死的原因,状告宝玉"强奸未遂",更让贾政怒发冲冠。我们且不论贾政这个时候的判断是否正确,也不论他笞挞贾宝玉的行为对与不对,仅从贾政这时的内心感受出发可想见:他要"灭亲",要正"义"。于是他让人绑了贾宝玉,备下大棍子,并放话要封锁消息:谁要敢传话给老太太,立刻一并打死。贾政为何如此生气?在他看来,贾宝玉的这些行径——流荡优伶、表赠私物、淫辱母婢,已经到了"该杀"的地步!如果再这样下去,恐怕会酿成"弑君杀父"的祸害。

很多红学研究人员,都指责贾政是"假正经",其实也不完全正确,因为贾政是一个秉受儒家正统思想的封建读书人,他的思想、他的言行都是依据宗法、家规、礼仪来规范的,所以他不能容忍谁亵渎封建正统思想。这一份坚持与捍卫,虽然顽固不化、刚愎自用,但是却是真真实实的发自内心的"正义"之举。对于这一点,我们没有理由去苛责和鄙视。

三、自强

"自强"这个词语,最早出于《周易》:"天行健,君子以自强不息。"什么是"自强"?要理解这个词,就需要知道"天行健"的含义。

原始儒学的第三位代表人物荀子,在《荀子·天论》中就提出了这样一种观念:"天行有常,不为尧存,不为桀亡。"什么意思呢?就是说,自然有其自身的运动规律,不会以人的意志为转移。既然"天"有自己的"道",人也该有自己的"命",那么人就不应该把自己的命运寄希望于天。这也是先秦儒家与道家在哲学视角上的区别——老庄讲"天道",孔子讲"天命"。

人在各有其"道"的轨迹上,要相互顺应,除了尊重自然法则以外,还应该"自为"。于是荀子提出了一种人生态度——"与其怨天尤人,不如奋发图强；与其听天由命，不如自力更生"①。即自己的命运不在于天，也不存于地，而在自己的掌控之中——这就是"自强"。

《红楼梦》第一回，贾雨村的一些举动就显现出了这样的文化基因。贾雨村在"红楼人物"中，并不受读者待见。其原因很多，不过最主要的是官场的腐化。贾雨村在书中第一回出场时，曹雪芹给了他一个漂亮的"亮相"。无论相貌还是斗志，他都是那个时代典型的读书人。因为家道中落，他这一代已经家徒四壁了。为了光耀祖宗、重整门楣，他发愤图强，饱读诗书，无奈神京②路远，囊中羞涩，只能卖字撰文为生而空有一腔抱负。他时时畅想有一天凭借自己的才学，出将入相，到那时必定是"天上一轮才捧出，人间万姓仰头看"。所以他才在和甄士隐对月畅饮之时说：

> 非晚生酒后狂言，若论时尚之学，晚生也或可去充数沽名，只是目今行囊路费一概无措，神京路远，非赖卖字撰文即能到者。

甄士隐解囊相助，并说：

> 十九日乃黄道之期，兄可即买舟西上，待雄飞高举，明冬再晤，岂非大快之事耶！

贾雨村接受了，第二天一早就起程上路，并带话给甄士隐说：

> 读书人不在黄道黑道，总以事理为要，不及面辞了。

什么是"黄道黑道"？这原本是古代天文学的专用名词。"黄道"指日，"黑道"指月。后来星占迷信者将每日的干支阴阳分为"黄道"和"黑道"，黄道主吉，黑道主凶。

贾雨村不讲"黄道黑道"，其实就是承袭了"天行有常，不为尧存，不为桀亡"的观念。他是标准的儒生，所以在他身上我们能看见"自为""自强"的儒家文化基因。

---

① 易中天：《先秦诸子，百家争鸣》，第295页。
② 《红楼梦》中对地名与历史年代的描述一律采取避实就虚的方法。所以，此处的"神京"代指当时的首都北京。

从《红楼梦》中看墨家的文化基因

墨家是先秦诸子百家中的一家。那位生活在春秋战国之际的大思想家——墨子,为我们开辟了又一条治国治民的康庄大道。他的思想同儒家、道家、法家等各家先哲一起闪耀在中国文化的源头。

吴恩裕先生曾经说,曹雪芹身上闪烁着墨家的哲学思想。相传,曹雪芹除著有《红楼梦》外,还写有另外一本书——《废艺斋集稿》。此书的宗旨在于为"鳏寡孤独废疾者"提供一些谋生的手艺。当时朝中吏部侍郎董邦达曾赞叹《南鹞北鸢考工志》(《废艺斋集稿》的一部分)说:

> 尝闻教民养生之道,不论大术小术,均传盛德,因其旨在济世也。扶伤救死之行,不论有心无心,悉具阴功,以其志在活人也。曹子雪芹悯废疾无告之穷民,不忍坐视转于沟壑之中,谋之以技艺自养之道,厥功之伟,曷可计量也哉。[①]

"利天下"是墨子著作中永恒的学术旨归。"墨子思想包含着利人的博大襟怀与抱负,尤其具有铁肩担道义、身先天下的责任感。"[②]

虽然此时的曹雪芹已家徒四壁,举步维艰,但仍然试图为四周邻里和那些生活无依靠的残疾人寻求一条生路。这样的人格与思想不正是墨家学派倡导的"救世"学说的显现吗?

[①] 胡德平:《说不尽的红楼梦——曹雪芹在香山》,中华书局,2004年版,第17页。
[②] 戚文、李广星等:《墨子十讲》,上海人民出版社,2007年版,第29页。

既然曹雪芹有"近墨思想",那《红楼梦》中又烙下了怎样的墨家文化基因呢?要回答这个问题,首先要了解墨家主张的"人生观"和"道德观"。

墨子的人生观中,放在第一位的就是"贵义"。同时,这也成了墨家学说的重要特征。《墨子·贵义》中说:"天下有义则生,无义则死;有义则富,无义则贫;有义则治,无义则乱。"所以,"义"在墨子的思想体系中便成了治国安邦的重要基础。

在《红楼梦》第二十四回"醉金刚轻财尚义侠"中,贾芸因为在舅舅家借钱碰了壁,回家路上心里正不自在,不料一头撞在一个醉汉身上,才发现这人是他的邻居倪二。在世人眼中,倪二"泼皮,专放重利债,在赌博场吃闲钱,专惯打降吃酒"。这样一个"无赖"之人,却有着一身的"侠义"。曹雪芹能给他一个"义侠"的评价,可见世人眼中的倪二并不是他的"本真"。

倪二平时"专惯打降",并不是无事生非,而是路见不平拔刀相助。一个"降"字,曹雪芹用得极其精辟。所谓"打降",就是专门对付那些飞扬跋扈、欺负百姓之人。他"专放重利债"却会"因人而施"。当贾芸告知在舅舅家因借钱而讨无趣之时,他倾囊相助,不要利钱,不写文契。这让一贯对倪二心存"偏见"的贾芸,感动得无以复加。正是因为常有这样的事迹,所以倪二在道上颇有几分"义侠之名"。

"义""利"之辩,可以说是先秦诸子中争论得最激烈的论题。儒家认为,人应该"重义而轻利"。但是墨家认为,既要重义,也要重利。在墨家看来,义与利并不抵触,而存在等同的关系,所以墨家认为"重利,也必然重义"。

墨家强调"利",把义和利放在一个平面上,但是当"利"与"义"出现不一致的情况时,墨家遵循一个前提——把义放在利之上,要求绝不因贪图利益而出卖道义。

《红楼梦》中的倪二正是秉承了这样的"义利"观。他放高利贷,在赌场吃"闲钱",是因为借钱赌博之人原本就是那些纨绔子弟或者不务正业之人。贾芸在他心里是一个"上进青年",又是自己的街坊,因为一时囊中羞涩才举步维艰。所以这个时候倪二就把"义"放在了"利"之上,慷慨相助，不要利钱，不写文契。

如果说"贵义"是墨家学说的基础，那么"救世"就是墨家学说的终极目的。墨家学说"针对社会的弊病、缺陷，按照社会的功能、作用和意志，提出矫正、治疗和建设的办法，同时强调通过参与社会的活动，把救世的主张和救世的目的联系起来"①。

墨家的"救世"目的与《红楼梦》中蕴含的"补天"思想有异曲同工之妙。那一块被女娲锻炼之后已通灵性的顽石，虽有才"补天"却无幸入选，后来它带着一腔的哀怨，被两位神仙携入红尘，但是它"补天"的思想与"心系苍生"的情怀却始终没有被世俗掩埋。遗憾的是，这种大智大慧之人，却被世人当成了"呆子"，误解为"疯疯傻傻"。

"贵义"与"救世"是墨家在人生观上的主张，那么在道德观上呢？墨家主张"兼爱"和"节俭"。

"兼爱"应该说是墨家学派最有特色的思想。天下大乱，民不聊生，墨子把这些社会现象归结为"不相爱"。要想解决这些社会问题，只有倡导"兼爱"。

要做到"兼爱"需要向两个方面延伸：第一就是"视人若己"，第二就是"诚实守信"。对于第一点，在《墨子·兼爱中》篇中是这样诠释的：

视人之国，若视其国；视人之家，若视其家；视人之身，若视其身。是故诸侯相爱，则不野战；家主相爱，则不相篡；人与人相爱，则不相贼；君臣相爱，则惠忠；父子相爱，则慈孝；兄弟相爱，则和调；天下之人皆相爱，强不执弱，众不劫寡，富不侮贫，贵不傲贱，诈不欺愚。

其实，我们不难看出，墨子的"兼爱"，就像儒家的"仁爱"一样，为我们构建了一个理想而和谐的社会，为民众营造了一个"唯美的允诺"。无论是否能够实现，这毕竟是一种崇高而美好的社会理想。但是"兼爱"和"仁爱"最大的区别就是，"兼爱"是"爱无差等"，即没有亲疏、不分贵贱的。而"仁爱"刚好相反，主张"爱有差等"，并根据亲疏贵贱、长

---

① 戚文、李广星等：《墨子十讲》，第29页。

幼老少给予不同程度的爱。

贾宝玉身上的那份"大爱"，既有儒家"仁爱"的基因，更有墨家"兼爱"的思想。两者相比较而言，"仁爱"在他身上处于一种"隐性"状态，所以当他对林妹妹倾诉衷肠的时候，会不自觉地说出"除了老太太、老爷、太太，第四个就是妹妹你了"这样分"等次"的话。而"兼爱"在贾宝玉身上却一直处于"显性"状态。他对自己的姊妹是"极好的"，对身边的丫鬟也从来不另眼相待而视之如同姐妹。在《红楼梦》第十九回"情切切良宵花解语"中，贾宝玉看见袭人的两个姨表妹，感叹这样好的女儿怎么没有养在侯门大户之家。这种"感叹"正是"爱无差等"的散发。

"节俭"是一种美德，古往今来，毫无异议。这种人类的基本美德，正是墨子当年根据奢华靡费的经济现状发出的呼唤。墨子说："俭节则昌，淫佚则亡。"墨家学派强烈地谴责儒家学派的"厚葬"，认为厚葬不仅浪费财富，还会使"国家必穷""人民必穷""衣食之财必不足"。

《红楼梦》中的贾府，因为地位尊贵、爵位显赫，日用排场就是一笔巨大的开支。虽然如今"内囊已尽上来了"，但为了支撑一个国公府的体面，一切费用绝不能将就减省。我们看看秦可卿的丧礼就知道贾府有多么奢华靡费，用的那口"纹若槟榔，味若檀麝，以手扣之，玎珰如金玉"的棺材，连贾政都觉得"非常人可享用者"。

墨子提倡的"节俭"，在探春理家的时候得到了"显现"。贾府一直是王熙凤做"执行总经理"。她虽然有些人事、财务权力，但是上面还有贾母这个"总裁"与王夫人这个"总监"，所以做起事来总有些牵绊。就像在《红楼梦》第五十五回，她对平儿说：

> 你知道，我这几年生了多少省俭的法子，一家子大约也没个不背地里恨我的……家里出去的多，进来的少。凡百大小事仍是照着老祖宗手里的规矩，却一年进的产业又不及先时。多省俭了，外人又笑话，老太太、太太也受委屈，家下人也抱怨刻薄；若不趁早儿料理省俭之计，再几年就都赔尽了。

可知王熙凤早有节俭之心，却没有节俭之力。

探春的治家才干，在《红楼梦》第五十五回和第五十六回得到了集中的展现。在"兴利"之前，探春治家的第一步就是开源节流，整顿不必要的开支。例如家里的媳妇来领取贾环、贾兰一年在学校里吃点心、买纸笔的费用时，探春说道：

> 凡爷们的使用，都是各屋领了月钱的。环哥的是姨娘领二两，宝玉的是老太太屋里袭人领二两，兰哥儿的是大奶奶屋里领。怎么学里每人又多这八两？原来上学去的是为这八两银子！从今儿起，把这一项蠲了。

贾府人多事杂，家族的开支、主子奴仆们的日用供给，都是贾府的老祖宗们定好了的，但是其中的"宿弊"也就随着日月的轮替而逐渐堆积，像这样重复叠加的支出让本就不堪重负的贾府越来越难以支撑。所以，要想"兴利"首先就必须"节俭"。

在《红楼梦》第五十六回中，探春对平儿说：

> 因想着我们一月有二两月银外，丫头们又另有月钱。前儿又有人回，要我们一月所用的头油脂粉，每人又是二两。这又同才刚学里的八两一样，重重叠叠，事虽小，钱有限，看起来也不妥当……钱费两起，东西又白丢一半，通算起来，反费了两折子，不如竟把买办的每月蠲了为是。

墨家学派提倡人民勤俭持家，衣食住行都以实用为要。能吃饱、能穿暖、房屋能避风寒就行，反对讲排场和比阔气的奢靡之风。当然对于贾府这样的人家，还不至于只是"吃饱穿暖"这么简单，能在原有的豪奢状态下提倡一种俭省精神而除去一些"宿弊"，就已经是在发扬墨家"节俭"的美德了。

墨子所倡导的学说，如果用一句话总结，那就是"兴天下之利，除天下之害"。所以，"利天下"成了墨家经济思想的原则和总纲。墨子一直强调劳动对于人类社会的重要性，因为劳动是创造财富的唯一途径。只有拥有了财富才能富天下，从而利天下。为了在劳动过程中提高效率，墨子主张"社会分工"。在《墨子·耕柱》篇中，他以筑墙为例说道："譬若筑墙然，能筑者筑，能实壤者实壤，能欣者欣，然后墙成也。"在整个建筑过程中，每一个人各司其职，扬长避短，发挥自己的专长，这样分工协作是一种最好的劳动方式。所以，墨子在中国经济思想史上便成了提出并论证社会分工的第一人。

在《红楼梦》中，对于墨家的"社会分工"劳作的思想，探春发挥得淋漓尽致。她因去了赖大家的花园，和赖家的女儿们聊天，知道了这个园子包给了别人，除一年吃的笋菜和鱼虾外，还会剩余二百两银子。探春得到了启发，回来和宝钗、李纨商议说：

> 咱们这园子只算比他们的多一半，加一倍算，一年就有四百银子的利息。若此时也出脱生发银子，自然小器，不是咱们这样人家的事。若派出两个一定的人来，既有许多值钱之物，一味任人作践，也似乎暴殄天物。不如在园子里所有的老妈妈中，拣出几个本分老诚能知园圃的事，派准他们收拾料理，也不必要他们交租纳税，只问他们一年可以孝敬些什么。一则园子有专定之人修理，花木自有一年好似一年的，也不用临时忙乱；二则也不至作践，白辜负了东西；三则老妈妈们也可借此小补，不枉年日在园中辛苦；四则亦可以省了这些花儿匠山子匠打扫人等的工费。将此有余，以补不足，未为不可。

这段话所阐发的思想，可以说都是墨家的。墨家学说，最原始的对象是"平民百姓"。探春推出的这项改革措施，正是为下层"老百姓"谋求利益，让那些在大观园中辛勤劳作的老妈妈们有一个"小补"的机会。这样做的同时还可以省去请人专职干活的"工资"费用，也做到了墨子提倡的"节俭"。

在大观园中寻找能够承担责任的老妈妈们时，他们寻找的方式是本着"个人专长"来的。例如大观园中的那片竹子交与老祝妈管理，因为老祝妈家代代都是打理竹子的；一片稻田交与了老田妈；园中那些花草的管理工作，则交与了莺儿的娘。这样的举措就是墨子的"分工协作"。每个人所擅长的技能不一样，那么在劳动中就应该有一个对口的工作平台。这样的劳动分工才能得到最大的收益，才更能"利天下"、利百姓。

从《红楼梦》中看道家的文化基因

每一个中国人都生活在儒道兼济的文化格局里面。道家文化与儒家文化构成了中国人的"天"与"地"。林语堂先生曾说，每一个中国人，从社会人格上来看，都是儒家；每一个中国人，从自然人格上来看，都是道家。"儒家"是我们的"地"，教会我们的是实现自我，让我们有所担当、有所承受，最终实现"修身、齐家、治国、平天下"的理想。"道家"是我们的"天"，教会我们的是超越自我，让我们去乘物游心而独与天地精神往来。曹雪芹和我们一样，也生活在儒道兼济的格局之中。所以道家的文化基因也就自然而然地渗透到他的血液之中，从而支配着他的文字表达。

文化基因有"隐性"和"显性"之分，这一点我已经在《红楼文化基因探秘·总论》中阐释过。从《红楼梦》文本中透露的道家思想以及道家著作出现的次数来看，道家文化基因应该在曹雪芹身上呈显性状态。

"道家"是"道德家"的简称。这个称谓的出现相对"儒家"来说要晚得多。因为"儒"原本就是早期中国先民的一种职业，而"道德"却是后来的一种学术思想。它的出现，是根据司马迁的父亲司马谈对先秦时期学术流派的命名而来的。当年司马谈划分了六家——阴阳家、儒家、法家、墨家、名家和道德家。至此，才有了"道家"的正式称谓。

道家的"道德"与儒家的"道德"是完全不同的两个概念。虽然两家都打着同样的旗号，但是根本出发点却刚好相反。儒家的"道德"是人为的提倡，无论是"仁义孝慈"还是"恭宽信敏慧"都是人为的宣扬。而道家的"道德"包含着两层含义：所谓"道"是指天地万物共同的自然本性，所谓"德"是指每一个个体从"道"那里得到的天然本性。[①]"道"与"德"合二为一，简单概括就是世间万物固有的本然状态。所以，老子强调要尊重天地万物（包括人在内的一切事物）的自然之性。

贾宝玉最怕的就是儒家的"框框条条"。我们且不论他是有意识地反抗还是无意识地抵制，但他的行为已经告诉我们，模板式的"君臣父子"让他反感甚至厌恶。贾宝玉欣赏的人都具有"神仙"一样的人品，而这些神仙哥哥、姐姐、妹妹们都有一个共性——不随世俗。林黛玉不随世俗，孤高自赏、脱离群众；妙玉不随世俗，孤僻成性、远离凡尘；柳湘莲不随世俗，浪荡天涯而最后挥剑出家。"不随"的是什么，不外乎人为的倡导，而人为的倡导又成了违背"本然"的原始根源。所以这里的"世俗"与"不随"就构成了一对尖锐矛盾。

《庄子·天下》中说："独与天地精神往来而不敖倪于万物，不遣是非，以与世俗处。"其中的文化基因落到贾宝玉身上，从他的言谈举止中散发出来，可以说"显性"得淋漓尽致。"独与天地精神往来"是贾宝玉放飞思想的"家常便饭"。他能和花鸟鱼虫深情对话，因为生病错过杏花的花期而心怀"辜负"。这些"精神分裂"式的举动让他在逍遥游的文化基因中悠然自得。"与世俗处"就是做个普普通通的人。贾宝玉无意于孔孟之道，更不愿委身于仕途经济之间，他向往的就是"与世俗处"的自由洒脱。

道家的文化基因，在《红楼梦》中点点滴滴，布满全书，犹如夜空中的明星，闪烁着耀眼的光芒。朴实无华的《好了歌》，总能让人回味无穷，不仅仅是因为它唱出了人世间瞬息万变的状态，更点破了"好""了"之间的关系：好便是了，了便是好，要好须是了，不了便不好。"好""了"之间变幻莫测，但我们稍加留意便能发现，此处暗藏着道家文化的一个重要思想——"反者道之动"。

"反者道之动"是道家思想的精髓之一。道家遵从"道法自然"，从而

[①] 楼宇烈：《中国的品格——楼宇烈讲中国文化》，当代中国出版社，2007年版，第122页。

施行"道常无为"。在这个过程中,道家就特别注意事物发展的方向和态势。只有这样才能因势利导,从而实现"辅万物之自然而不敢违"。那么世间万物是如何变幻发展的呢?道家给出了自己的观点——往事物相反的方向转换与发展。所以"反者道之动"就明确地指出,"动"的方向是事物的"反"方向。"反"就成了"道"运动的本质特征。

《红楼梦》中"好"与"了"之间的哲学意蕴就在这个"反"字上。"好"与"了"就如同事物的两极,"好"到了极致就向"了"的方向发展,所以"不了便不好";达到了"了",又开始向新一轮的"好"转换,所以"要好须是了"。我们日常使用的"物极必反""否极泰来"这样的词汇,就是表达这个"反"的意思。道家的"动"除了一个运转的方向以外,还有相反相成的意思。相互对立的两样东西,其实谁也离不开谁,所以才有"好便是了,了便是好"的合二为一。

辨识先秦诸子,承袭他们的精与神,早已成了华夏儿女潜意识中的动机。承袭的目的就是使用。如何用?不同的学派有不同的主张,例如法家主张用"强",儒家主张用"中",而道家却主张用"弱"。至此,道家便有了"弱者道之用"的观念。

世间什么最弱?是水!老子让我们都去学习水的品格,因为在水的柔弱中又有"至刚、至净、能容、能大的胸襟和器度"[①]。"上善若水"更是道家追求的一种完美境界。道家崇尚水的文化基因被曹雪芹承袭了,并由曹雪芹化为了文字,组合成了《红楼梦》的神韵与灵气。

我们如何去理解道家的"上善若水"呢?南怀瑾先生有一段精妙的诠释。他说,一个人的行为如果能做到像水一样,善于自处而甘居下地,就达到了"居善地";心境养到像水一样,善于容纳百川的深沉渊默,就悟到了"心善渊";行为修到同水一样助长万物的生命,就学到了"与善仁";说话学到如潮水一样准则有信,就做到了"言善信";立身处世做到像水一样持正平衡,就用到了"正善治";担当做事像水一样调剂融合,就成就了"事善能";把握机会,及时而动,做到同水一样随着动荡的趋

[①] 南怀瑾:《老庄中的名言智慧》,上海人民出版社,2009年版,第12页。

势而动荡，跟着静止的状况而安详澄止，就悟到了"动善时"。[①]

曹雪芹是如何将"上善若水"的文化基因注入书中的呢？"水"在《红楼梦》中是至关重要的圣物，无论是在地理构建上还是在"红楼文化"的脉络中都被赋予了生命。

从园林建筑上来说，大观园中的水是从会芳园引来的活水。它流过沁芳桥，绕过潇湘馆，用水本有的滋润与纯净让大观园有了活力与动感。所以脂砚斋曾批道："园中诸景最要紧是水，亦必写明为妙。"在中国文化中，我们建房选择的最佳位置是依山而建，临水而居。这样一来有了山的稳重，又沾上了水的灵秀。贾宝玉和众姐妹都喜爱大观园，因为在这里她们能卸下世俗的忧烦，敞开自己的心灵，借着春天的生机盎然、夏天的热情洋溢、秋天的温情脉脉、冬天的银装素裹去乘物游心。在这被水养护着的园子中，他们可以不去顺应世间人为宣扬的规则，也可以不去聆听那些僵硬的教训，而在水的润泽中见心见性，倾听心声与水声……

贾宝玉最尊重女儿。女儿在他心中是至尊至贵之人，"女儿"两个字比那"阿弥陀佛"还要尊贵，就算要念及这个词都需要用清茶漱口，才算不玷污了它。然而"女儿"是什么做的？他的回答是水做的。只有水才配合"女儿"的性灵。这些"女儿"也因为有水的基因而变得轻柔、圣洁。在《红楼梦》中，"女儿"与"水"就成了一对绝妙的搭配。"居善地""心善渊""与善仁""言善信""正善治""事善能""动善时"，这一切水的品质，似乎也只有"女儿"才能完完全全把它的精神实质展示出来。

"居善地"者迎春，虽然贵为千金小姐，却甘居下地，不争是非：那一份对生活的淡然，让人羡慕。"心善渊"者宝钗，虽博览群书而不傲睨于万物，性情豁达又能随分从时：那一份了然于胸，让人敬佩。"正善治"者探春，才智精明，处事公正，让男子望尘莫及……

道家"上善若水"的文化基因可以说成就了《红楼梦》的瑰丽，曹雪芹对"水"的运用更是炉火纯青。"上善若水"就像流淌在《红楼梦》之中的一条大河，不仅蜿蜒壮观，更重要的是它承载着道家的文化而从古流到今。

[①] 南怀瑾：《老庄中的名言智慧》，第12页。

从《红楼梦》中看《易经》的文化基因

《易经》似乎离我们很遥远。现代人一提到它，联想到的就是"算命"，但这恰恰并不是《易经》的本旨。随着时代的发展，"占卜"早和"科学"划清了界限。《易经》从严格意义上来说，是指成书于殷周之际的《周易》本经，而并不包括战国时期孔子为解释《周易》而撰写的《易传》。到了西汉，汉武帝罢黜百家、独尊儒术，把儒家的著作都称为"经"，所以在此之后，就把《周易》和《易传》合为《易经》，或者直接称为《易》。

《易经》被儒家尊为五经之首。它的价值在于"易道之大，无所不包"。随着后人的诠释和阐发，它更显现出"致广大而尽精微"的文化现象来。可以说，它就是中华文化的源头。

《易经》对于我们一般人来说古奥难懂，因为在日常生活中，我们接收到的信息多数都是通过文字或者语言来表达的，然而《易经》传递的信息却是根据一套特殊的符号系统来表达的。

《易经》如同其他经典一样，时时刻刻都"活"在我们当下的言行、思维之中。我们可以通过一些词语来证实这一点。例如，为什么把皇帝称为"九五之尊"呢？这是根据"乾卦"的"九五爻"而来的。

《易经》共有六十四卦。每一卦由六爻组成。凡阳爻都以"——"表示，称为"九"；阴爻都以"— —"表示，称为"六"。每一卦的六爻自下而上排列，爻位依次命名为"初""二""三""四""五""上"，象征事物发展由低到高、由微而著的过程。所以凡阳爻依次称为"初九""九二""九三""九四""九五""上九"，阴爻依次称为"初六""六二""六三""六四""六五""上六"。①

而"乾卦"中,"九五"爻表示"刚健居中得正,又在君位,表明阳气自下而上,盛至于天,即龙高飞上天,象征圣人境界,腾跃自由,恩泽广被"②。所以皇帝被称为"九五之尊"。

再例如,我们有时候骂人,要说一个人"不三不四",为什么呢?因为在一个卦中,最下面的两爻代表地,中间两爻代表人,上面两爻代表天,从而构成了"天地人三才"。中间的两爻刚好在"三"爻和"四"爻的位置。骂一个人"不三不四",就是说这个人"不仁不义",因为"立天之道曰阴与阳,立地之道曰柔与刚,立人之道曰仁与义"。可见,《易经》中的文化基因在日常生活中起着支配我们言语的作用。

《红楼梦》中显现出《易经》中的哪些基因呢?在其第三十一回,史湘云和翠缕有一大段关于"阴阳"的对话:

> 史湘云道:"花草也是同人一样,气脉充足,长的就好。"翠缕把脸一扭,说道:"我不信这话。若说同人一样,我怎么不见头上又长出一个头来的人?"湘云听了由不得一笑,说道:"我说你不用说话,你偏好说。这叫人怎么好答言?天地间都赋阴阳二气所生,或正或邪,或奇或怪,千变万化,都是阴阳顺逆。多少一生出来,人罕见的就奇,究竟理还是一样。"翠缕道:"这么说起来,从古至今,开天辟地,都是阴阳了?"湘云笑道:"糊涂东西,越说越放屁。什么'都是些阴阳',难道还有个阴阳不成!'阴''阳'两个字还只是一字,阳尽了就成阴,阴尽了就成阳,不是阴尽了又有个阳生出来,阳尽了又有个阴生出来。"翠缕道:"这糊涂死了我!什么是个阴阳,没影没形的。我只问姑娘,这阴阳是怎么个样儿?"湘云道:"阴阳可有什么样儿,不过是个气,器物赋了成形。比如天是阳,地就是阴;水是阴,火就是阳;日是阳,月就是阴。"翠缕听了,笑道:"是了,是了,我今儿可明白了。怪道人都管着日头叫'太阳'呢,算命的管着月亮叫什么'太阴星',就是这个理了。"湘云笑道:"阿弥陀佛!刚刚的明

---

① 曾凡朝译:《易经》,崇文书局,2007年版,第1页。
② 曾凡朝译:《易经》,第2页。

白了。"翠缕道:"这些大东西有阴阳也罢了,难道那些蚊子、蛇蚤、蠓虫儿、花儿、草儿、瓦片儿、砖头儿也有阴阳不成?"湘云道:"怎么有没阴阳的呢?比如那一个树叶儿还分阴阳呢,那边向上朝阳的便是阳,这边背阴覆下的便是阴。"翠缕听了,点头笑道:"原来这样,我可明白了。只是咱们这手里的扇子,怎么是阳,怎么是阴呢?"湘云道:"这边正面就是阳,那边反面就为阴。"翠缕又点头笑了,还要拿几件东西问,因想不起个什么来,猛低头就看见湘云宫绦上系的金麒麟,便提起来问道:"姑娘,这个难道也有阴阳?"湘云道:"走兽飞禽,雄为阳,雌为阴;牝为阴,牡为阳。怎么没有呢!"翠缕道:"这是公的,到底是母的呢?"湘云道:"这连我也不知道。"翠缕道:"这也罢了,怎么东西都有阴阳,咱们人倒没有阴阳呢?"湘云照脸啐了一口道:"下流东西,好生走罢!越问越问出好的来了!"翠缕笑道:"这有什么不告诉我的呢?我也知道了,不用难我。"湘云笑道:"你知道什么?"翠缕道:"姑娘是阳,我就是阴。"说着,湘云拿手帕子握着嘴,呵呵的笑起来。翠缕道:"说是了,就笑的这样了。"湘云道:"很是,很是。"翠缕道:"人规矩主子为阳,奴才为阴。我连这个大道理也不懂得?"湘云笑道:"你很懂得。"

《易经》阐发的理论基础,我们往简单了说,就是讲"阴阳"的。"阴"与"阳"是构成世间万物生存规律的一个总平台。而中国土生土长的道教则把"阴阳学说"作为它的基本理论之一。例如早期的一本道教经典——《太平经》中有这样一段话:"天失阴阳则乱其道,地失阴阳则乱其财,人失阴阳则绝其后,君臣失阴阳则道不理。"意思是说,如果天没有了阴阳,其时序就会紊乱,太阳就不一定每天都升起,四季就不会更迭;地没有阴阳,其"财"就会殆尽,万物的供养就无从着落,世间万物便会悄然灭绝;人没有了阴阳,阴阳无从和合,生命便不可能得到延续;君臣之间没有了阴阳,便会天下大乱,硝烟四起……可见《太平经》中所阐发的这一思想,其实是受到了《易经》的影响。

《红楼梦》中这一大段对"阴阳"的论述可以说把《易经》中对阴阳的认识全部囊括进来了。我们怎么来认识"阴阳"?就以《红楼梦》中这段话为例,逐一解析。

第一，世间万物都是秉"阴阳二气"所生。

史湘云说："天地间都赋阴阳二气所生，或正或邪，或奇或怪，千变万化，都是阴阳顺逆。"这句话的理论出处就是《易经》中的"易有太极，是生两仪，两仪生四象，四象生八卦"，然后"八卦"又会生"千万"。

天地还未开辟的时候是一种"混沌"的状态，这种状态被称为"太极"。所谓"太极"，就是宇宙万象万物共同的基因，是自然之物萌芽的原始恒点。太极又由"阴""阳"两部分组成，这就是所谓的"两仪"。但是"阴"与"阳"之间并没有一个明显的界限，它们反而是相互勾连、融合、变动的，由此便形成了生生不息的"原动力"，所以史湘云才说"或正或邪，或奇或怪，千变万化，都是阴阳顺逆"。

所谓"太"，就是"大"与"小"的融合。"太"的字形，是一个"大"加上一个"、"构成。那么它到底有多大？可以是"其大无外"——大得没有外边，又可以是"其小无内"——小到没有里边。所以庄子在《天下篇》中说："易以道阴阳。"老子有句名言："道生一，一生二，二生三，三生万物。"这里的"一"就是太极，"二"指的就是"阴"与"阳"。

第二，"阴"与"阳"的生成不是化生的关系，不是说阴生阳、阳生阴，而是生生不息的转换。当阴尽了就是阳，当阳尽了就是阴。

史湘云说："'阴''阳'两个字还只是一字，阳尽了就成阴，阴尽了就成阳，不是阴尽了又有个阳生出来，阳尽了又有个阴生出来。"这句话包含着一个重要的信息——"阴"与"阳"的转化关系。

在"太极生两仪"这句话中，我们要注意这个"生"字，因为它蕴含着一个不能含糊的哲学观念。

大家一定听说过这样的一个难题——是鸡生蛋还是蛋生鸡？换句话说，世界上是先有鸡，还是先有鸡蛋？我曾经也思考过这个"无聊"的问题，如果按照"进化论"的思维来分析，肯定是先有鸡后有鸡蛋。原因很简单，鸡是别的动物进化而来的。我们举这个例子，并非要在此讨论谁先谁后的问题，而是要来化解"鸡生蛋"和"蛋生鸡"的哲学思维。

"鸡生蛋"和"蛋生鸡"，其表现形式都是"生"，但生的效果却完全不一样。"鸡生蛋"，是鸡生了蛋之后，就从一个物体变成了两个物体。这时的鸡还是以前的鸡，而蛋自是蛋：各自独立存在。从体积上来看，鸡大，蛋小。换句话说，鸡生蛋，是从大的物体里面再生出一个小物体来。所以"鸡生蛋"就是"派生"。

"蛋生鸡"与"鸡生蛋"就刚好相反。蛋孵化为鸡之后，原来的蛋就不存在了。蛋变成了鸡，就是"化生"，是由一个物体的物质形态转化为另一种物质形态。

而"太极"生"两仪"的"生"就是一种"派生"，是太极里面原本就有"阴阳"。我们还需注意的是，太极生两仪，并不是说生出了一个阴和一个阳！阴阳没有个数，也不能分割。"阴"与"阳"之间并非生的关系，而是转换：阳尽了就成了阴，阴尽了就成了阳。

第三，阴阳不是实物，而是一种气，或者说就是一种规律。

史湘云说："阴阳可有什么样儿，不过是个气，器物赋了成形。"这句话的意思是："阴"与"阳"并没有实在的形体，不过是一种"气"；物体禀赋了什么"气"，它便有自己的形态。

第四，世间万物虽有阴阳之分，但是又不是绝对的"阴"和绝对的"阳"。

"阴"与"阳"是一组相对的概念。比如说，男人是阳，女人是阴。但是当史湘云和翠缕在一起分阴阳的时候，史湘云就是阳，因为她是主子；翠缕就是阴，因为她是丫鬟。再比如说我们的手，左手是阴，右手是阳。但是只看右手，手背是阳，手心是阴。五指中，大拇指是阳，四指是阴。所以阴与阳是绝对分不开的。如果阴是阴，阳是阳，世界就会决裂。

现代科学证明男孩子体内有女孩子的荷尔蒙，女孩子体内又有男孩子的荷尔蒙，这就是天地生人的规律——不会让男人绝对是男人、女人绝对是女人。

在《红楼梦》中，从史湘云和翠缕的聊天来看，《易经》中"阴阳"这一文化基因在史湘云身上处于显性状态。

从《红楼梦》中看"一分为三"的文化基因

这段时间,闲暇之余,我一直在拜读文化史专家庞朴先生的著作。老先生给我的第一感觉是"深不可测"。由于自己孤陋寡闻,书中的很多学术思想以及文化观念,我都是第一次听说。其视角高度非我辈后学能望其项背。

在书中,庞朴先生提出了认识世界的另一种方法——"一分为三"。当我细细阅读并领受其意之后,我发现:这种认识世界的方法,在《红楼梦》中就曾明确地出现过,只不过因为自己的学识修为尚欠火候,未能感悟得到。今天受了庞朴先生的启发,我不妨把《红楼梦》中"一分为三"的哲学思想梳理一下,也算对自身知识体系的一次扩建。

什么是"一分为三"?我们首先要从"一分为二"讲起。

"一分为二"这种称谓,对于一般读者来说并不陌生,正如大家熟悉的"矛盾统一""两点论"。其实"一分为二"的哲学思想就是指认识事物需要从正反两面切入,不偏不倚。例如在中国传统文化当中,把世界分为"阴"与"阳"就是典型的"一分为二"的思想。

我们的老祖宗,对世间万物的认识是从"混而沌之"开始的,就如同《三五历记》中记载的"天地混沌如鸡子"的状态一样。这就是认知的起点,在哲学上称为笼统的"一"。随着对事物的进一步认知,我们对笼统的"一"进行本质的划分。这在我们的古代典籍中,便能找到例子。如《周易·说卦》记载:

> 是以立天之道曰阴与阳,立地之道曰柔与刚,立人之道曰仁与义。

"天""地""人"合称"三才"。它们都各有其"道",这就是《系辞》中所说"三极之道",而每一"道"都一分为二。天道分阴阳,地道分柔刚,人道分仁义。

再如《周易·系辞》中说:

> 易有太极,是生两仪。两仪生四象,四象生八卦。

无论怎么派生,全是"二进制"。所以"一分为二"的思维方式,已经形成"文化基因"而渗透于每个国人的潜意识之中。

"一分为二"的哲学思维有它致命的缺点,那就是忽视了"中间"。但在中国传统文化中,对"中"的运用,却一直受到重视。这似乎形成了一种矛盾——思维与行动的不统一。

所以,庞朴先生便提出了"一分为三"的哲学思想。其实"一分为三"并非庞朴先生的发明,而是对中国传统文化的深层次发现。

"一分为三"自先秦就有,但是它并不属于任何一家。换句话说,我们需要把先秦文化作为一个整体来分析,才能发现其中的"一分为三"。

例如,先秦诸子中的儒、法、道三家认识事物的方法以及从认识中提炼出来的"处世原则",都大相径庭。儒家主张用"中",也就是我们常说的"中庸之道"。可能源于现代工业文明的冲击,很多人对"中庸"有了误解,它并非"和稀泥"的代名词,而是天地万物各安其位的"度"以及日月星辰亘古不变的"诚"。"执两用中"是儒家处世哲学的精妙之处。无论你懂不懂"中庸"的学术体系,"中庸"的思想其实已经在日常生活中支配着你我的行动。换言之,它已经形成了一个民族思维的惯性,自然而然地流淌在国人的举手投足之间。而"法家"和"道家"的处世哲学则分别处于儒家的"上"和"下"。

法家在"上",主张用"强",以"法、术、势"这种最强悍的手段和原则来处理事物。道家在"下",主张用"弱",认为"柔弱胜刚强""上善若水,水善利万物而不争"。所以用强、用中、用弱,便构成了法、儒、道外在表现的显著区别。正是因为在我国文化中隐含了这种文化思维,后经演化、融合、变形,形成了"一分为三"的哲学思辨方式。

那么,什么是"一分为三"?

所谓"一分为三",其实就是对"一分为二"的补充,是在"一分为二"的基础上进一步认知世间万物的总体规律。"一分为三"的核心落在了"中间"。这个常常被人们忽略的"中间"并非完全是一个实体,而在更多层面上是为了透视、阐发"一"与"二"之间相互依存的关系。

庞朴先生在探研了"一分为三"之后,总结出了"一分为三"的三种存在状态。

第一,三个实体的形态。

所谓"三个实体",即三个东西都是实实在在看得见而摸得着的事物。三个实体之间的关系是相互促进、相互制约的,相生也相克。例如"天、地、人"三极之道:"人法地,地法天,天法道。"人处在"天"与"地"之间,构成了天与地的纽带。只有人才能因时而作,因地而治;也只有人才能上通茫茫宇宙,下接浩浩尘世。这便构成了相互促进的"三极关系"。相互制约的"三极关系"也随处可见,例如我们小时候玩的"石头、剪刀、布",没有谁最强最弱,因为它们之间是相互辖制的。

第二,两实一虚的形态。

所谓"两实一虚",就是在实体"一"和"二"之间,找到了一种连接它们的"关系"。但这种"关系"不是实实在在的,看不见也摸不着。

这种解释有些晦涩难懂。我们举一个例子。著名的经济学家亚当·斯密在其著作《国富论》中曾提出一个经济学观点——"看不见的手"。其实这只"看不见的手"就是市场供求规律。买方和卖方就是两个实体,而"供求规律"就是一种虚态。在市场中,出现供不应求或供过于求时,这只"看不见的手"都会操控市场而使之平衡。"两实一虚"的形态,是庞朴先生认为的最典型的"一分为三"的现实形态。

第三,两虚一实的形态。

所谓"两虚一实",是指在"一分为三"中,只有一个是实体的现实存在,而"两虚"是由这"一实"演化出来的两种思维意识状态。

例如,著名的心理学家弗洛伊德对"人"提出了三个概念——本我、自我、超我。"本我"是肉体,"超我"是灵魂,肉体与灵魂的结合产生"自我"。在这三个概念中,只有"本我"是实体,"自我"和"超我"都是虚态。

在中国传统文化中，"两虚一实"的"三分"状态随处可见。例如儒家《大学》中，大家非常熟悉的"修身、齐家、治国、平天下"。这是"三纲八目"中"八目"的后"四目"。"八目"的全部内容是"格物、致知、诚意、正心、修身、齐家、治国、平天下"。这是儒家对儒生的学习态度、人生理想和终极目标的总体概括。在"八目"当中，只有"修身"是核心。"格物、致知、诚意、正心"是为"修身"做准备的，"齐家、治国、平天下"是一个人"修身"的目的。我们从"一分为三"的"两虚一实"的状态来看，只有"修身"是实体，为"修身"做的准备以及"修身"的目的都是虚态。

理论上讲，"一分为三"还有第四种形态——"三虚"，但是从现实中似乎找不到这样的例子。我认为"三虚"形态应该不存在，因为虚态必定同一个或者多个实体相联系。

例如，两个人相爱了，你思念我，我思念你。你、我是实体，而"思念"是虚态。只有你我同时存在，才有虚态的存在。如果你我都是虚的，那么"思念"就根本不存在。所以"三虚"形态是理论存在，而不是现实存在。

至此，我们对"一分为三"的哲学思想有了一个初步、大概的认识。那我们来分析一下《红楼梦》中"一分为三"思想的表现。

《红楼梦》开卷第一回，便有一段神话传说。天塌了一块，女娲便炼五彩石补天；由于多炼了一块顽石，补天未用，便弃在大荒山无稽崖青埂峰下。后巧遇茫茫大士、渺渺真人，石头因"凡心偶炽"，羡慕人世间的"花柳繁华，温柔富贵"，经过一番说服，便由两位神仙"幻形入世"而携入红尘，经历了一段世态炎凉，感悟了一出人情冷暖，历经"几世几劫"之后又回到了大荒山无稽崖青埂峰下，最终将自己所历之事记录、镌刻在石头上，以便读者喷饭供酒。

《红楼梦》中的这段神话故事，从"一分为三"的哲学视角分析，就是典型的"两虚一实"的形态。故事中"一实"是"石头"，"两虚"是石头的"前生"和"后生"。"前生"是被女娲炼成的"灵石"，虽有补天之材，却无幸入选，所以终日郁郁寡欢，以泪洗面，感叹怀才不遇！"后生"是被神仙幻化成的一块"宝玉"，坠入"昌明隆胜之邦，诗礼簪缨之族"，虽锦衣玉食，却处处好事多"魔"：眼睁睁，见红颜薄命，跺足捶胸，而无可奈何！

　　故事中，无论是"灵石"还是"宝玉"，都是虚态，它们的实体仍然是那一块"高经十二丈，方经二十四丈"的大顽石。无论作者曹雪芹想借"灵石""宝玉""顽石"三种状态来阐释怎样的情感、达到怎样的目的，"一分为三"的哲学视角已经在故事中形成，并为读者托起了哲学思辨的高度。

　　《红楼梦》中，通过这块顽石"两虚一实"的形态，作者想传递怎样的信息呢？

　　其实在中国传统文化中，有"凡人入圣，再由圣人入凡"的思想。凡人首先需要通过努力，进行"道德"和"知识"的双重建设，到了一定的境界便成了圣人。但是圣人有两层目的，除了完成自我修炼以外，更重要的是"新民"。换句话说，圣人只有回到凡间，回到人民大众之间，帮助、教化民众，和他们一起"止于至善"，才实现了圣人的价值，也只有达到这两个层次的人才是真正的圣人。

　　《红楼梦》中，顽石的"一实两虚"形态，正是再现了这样一种哲思。顽石通过"锻炼"成了"灵石"，虽然无补天之幸，但它具备了补天的才能，于是幻形"入凡"，历经磨难之后又回到青埂峰下，述说人世沧桑，指引后人"莫效此儿形状"。

　　《红楼梦》中，"一分为三"之"三个实体"形态最明显的例子就是贾雨村在第二回和冷子兴讲说的"正邪二气论"。其实贾雨村的那段话语，并非文章，所以根本就没有题目，"正邪二气论"是周汝昌先生取的。久而久之，学术界已习惯了这个"题目"。不过现在看来，这个题目似乎不够严谨。细细阅读贾雨村的言论，他的重点，不在"正"，也不在"邪"，而是"正"与"邪"的"中间"。

　　贾雨村说："天地生人，除大仁大恶两种，余者皆无大异。"话语一开头就把天下之人"一分为三"了——大仁、大恶、庸常。大仁者皆"应运而生"，治理天下，救苍生于危难之间。大恶者，则"应劫而生"，扰乱天下，害众生于水深火热之中。贾雨村认为，"大仁"与"大恶"毕竟是少数，庸常之人才是主流。"大仁"者秉"天地之正气"所生，故而清明灵

秀;"大恶"者秉"天地之邪气"所生,故而残忍乖僻;而庸常之人是受"正邪"混合之气所生。故而他道:

> 秉此气而生者,在上则不能成仁人君子,下亦不能为大凶大恶。置之于万万人中,其聪俊灵秀之气,则在万万人之上;其乖僻邪谬不近人情之态,又在万万人之下。

为什么说这段话是"一分为三"中"三个实体"的形态?因为无论是"大仁""大恶"还是庸常之人,都是现实中实实在在的人,这就是"实体"。用"一分为三"的视角来分析人性,已经打破了人只分好坏的"一分为二"的观念。

我们说"三实"之间相互促进也相互制约,那么大仁、庸常、大恶之间有这样的相生相克关系吗?有。大恶与庸常之间是伤害与被伤害的关系。历史中的大恶者往往使庸常者家破人亡、流离失所、背井离乡、痛不欲生。大仁与大恶之间,又有着辖制与被辖制的关系。大恶者扰乱天下之时,方是大仁者治理天下之机。大仁除大恶,邪不胜正,是天地正道。而大仁与庸常之间却是"水能载舟,也能覆舟"的关系。这样便形成了一个相互制约、相互促进的链条。

"正邪二气论"还隐藏着一个思想:在"三分"人性的状态下,大仁者所承担的任务是指引一个时代的方向,大恶者所扮演的角色是推动时代变革的"催化剂",而庸常者才是时代进步的主要力量。所以说,缔造伟大时代的,不只是帝王将相、乱臣贼子,更多的是平民大众,是上不能成"仁"、下不能为"恶"的庸常之人。

在前面的分析里,我们找到了《红楼梦》中"一分为三"的两种形态——"两虚一实"和"三实"。那么能在其中找到"两实一虚"的形态吗?答案当然是肯定的。

在《红楼梦》的故事情节中,有两个现实场景——宁荣二府和大观园。这是书中的现实场景,也就是"两实"。书中还描述了一个十分重要的场所——太虚幻境,这是在贾宝玉的梦中出现的,它是一种虚态。所以,"宁荣二府""大观园""太虚幻境",便构成了"两实一虚"的形态。

那么,作者借这样一种形态要阐释一种怎样的思想呢?我们知道,

"两实一虚"的哲学思想中最重要的有两点。

第一，在"一"和"二"两实之间，找到了它们之间的关系，这就是"虚"。余英时先生认为："大观园是《红楼梦》中的理想世界，自然也是作者苦心经营的虚构世界。"曹雪芹创造了一片理想中的净土——大观园，但是这片"理想中的净土"是建立在污浊的现实基础之上的，从它的修建到建筑材料的运用、水源的引取都来自肮脏的现实世界——宁荣二府，所以像大观园这样的理想世界最终会被肮脏的现实世界吞噬。大观园和宁荣二府之间的关系，是依存和主宰的关系。大观园依存于宁荣二府，虽然别有洞天，离尘而居，但一时的快乐却改变不了受制于现实世界的命运。

第二，"两实"的未来，是被"虚"统领并且掌控的。换句话说，宁荣二府以及大观园中所有人物及其家族的命运已经在太虚幻境之中了。生死离别、家亡人散，不过是一个过程，其间的起承转合已经注定如此矣！

在中国传统文化中，有"宿命"之说。我们且不论它是"唯心"还是"唯物"，但宿命思想是实实在在残存着的。《红楼梦》中宿命色彩也十分浓厚，判词、判画、判曲就是宿命思想的典型例证。在红学发展历程中，很多人对《红楼梦》的宿命思想进行了批判，其实我认为没有这个必要，因为宿命之论归根结底是人类摸不到文化边际时的自我慰藉。这是什么意思呢？就是当我们对人生的发展轨迹捉摸不透、无法掌控、无处知晓、找不到文化依凭之时，我们往往归结为一个字——"命"。无论成功与失败，我们都可以用"命"来诠释。

曹雪芹是一个伟人，同时也是一个凡人。他同样也不能触摸到"文化的边际"。当一切无从解释的时候，"宿命"是他唯一的答案。

参考文献

庞朴. 中国文化十一讲. 北京：中华书局，2008：137－143.

从《红楼梦》中看"情"的文化基因

我国的四大名著,都有各自标榜的思想核心。《三国演义》在于"忠",《水浒传》出于"义",《西游记》基于"诚",而《红楼梦》标榜的一个字就是"情"。

贾宝玉身上的"大爱",我把它称为"情"。这"情"并非"儿女私情"那么简单,而是一种对待世间万物的态度和审视人间秩序的尺码。周汝昌先生曾说,情是"心之最高功能与境地","人必有情,情之有无、多寡、深浅、荡挚……可定其人的品格高下"[①]。在《红楼梦》中,贾宝玉常常被人误解,常被说成疯疯傻傻,因为他看见燕子就和燕子说话,看见鱼就和鱼说话,仰望星空便长吁短叹,凝视花谢便悲伤叹息……这也难怪!就算把贾宝玉放到当下,恐怕也会被误认为是"神经病"。这种对待世间万物的"情"到底是个什么东西呢?

无论是对人,还是对物,贾宝玉只有一个尺度标准——有没有"情"。他有句名言:"女儿是水作的骨肉,男人是泥作的骨肉。我见了女儿,我便清爽;见了男子,便觉浊臭逼人。"但事实真是这样的吗?不一定。他见了王善保家的、周瑞家的、夏婆子、费婆子这些女人,他觉得清爽了吗?没有。他见到秦钟、柳湘莲、北静王这些男子就觉得浊臭逼人了吗?也没有。为什么呢?因为那些女人身上不具备"情",而这些男子个个是"情痴""情种"。

曹雪芹在《红楼梦》中呈现的"情"有文化根基吗?换言

---

① 杜雅萍著:《一生为红楼解梦——周汝昌传》,江苏人民出版社,2009年版,第176页。

之，在中国文化中，有"情"的文化基因吗？答案是肯定的。

我们先看儒家。从汉武帝"罢黜百家，独尊儒术"开始，儒家文化便成了我国古代的主流文化。儒学不单纯是一种哲学或宗教，而是一套全面安排人间秩序的思想系统。大到国家江山社稷，小到个人生活起居，儒家思想无处不在。它已经一步步地渗透到华夏文化的每一个角落。从表面看，儒家只讲究"三纲五常"，其实，这是把"情"伦理化、道德化了。没有"情"的支撑，有"老吾老以及人之老，幼吾幼以及人之幼"吗？没有"情"的支配，有"己所不欲勿施于人"吗？没有"情"的推动，有"己欲立而立人，己欲达而达人"吗？

再看道家。道家推崇"自然无为"，"无为"并不是无所作为的意思，而是"辅万物之自然而不敢为"。这是顺应自然万物本性的"天地大爱"，是把人和世间万物融为一体的"敬畏之情"。所以在《红楼梦》中你常常能看到贾宝玉以"人化自然"的眼光给自然万物以人的地位，也常能听到"不但草木，凡天下之物皆是有情有理的，也和人一样，得了知己，便极为灵验"这样的话语。

最后看佛家。佛家有情吗？有。"不俗即仙骨，多情乃佛心"，佛家若无情，便绝对不会去承受千辛万苦；佛家若无情，便绝不会以"渡尽众生"为宗旨；佛家若无情，便绝不会立下大愿——"地狱不空，誓不成佛"；佛家若无情，怎么可能大慈大悲而救苦救难？

在中华文化中，"情"是"天人合一"的核心，是华夏文化的特色和精髓之一。这也就是《红楼梦》中"情"的文化基因。

从《红楼梦》中看"红"的文化基因

在红楼文化中,"红"是一个绕不开的话题,同时它也是红楼文化与红楼学术的核心。从红楼文化思想层面上来说,《红楼梦》是一部颂红、怡红、悼红之书。从红楼学术层面上来说,一个"红"字正是众多流派拨开重重历史迷雾的总钥匙。

在《红楼梦》的文本中,颜色词汇最为丰富,而红色系又占据了很大的比重。第一号男主角贾宝玉最爱红。当年曹雪芹对书的命名,也颇费心思,最终定了"红楼梦"——其中也有红。一个"红"字能贯穿一部书的始终,一个"红"字能解开无数的疑惑,一个"红"字给一门学科带来了勃勃生机。它的生命力究竟来自何处?它又蕴含着怎样的文化基因?

中华文化的原始体系,往简单了说,就是由阴阳和五行构建起来的。五行(金、木、水、火、土)和五色(青、赤、黑、白、黄)是相匹配的。如图1所示:

```
        赤—火
         │
青—木——土-黄——金白
         │
        水-黑
```

图1

其中火和赤相配,赤就是红。红和火相配,有怎样的文化意义?

我们都知道火的运用是人类文明的开始,人类因为运用了火,才向光明迈出了第一步。人类用火来烧烤食物,从此告别了血腥；用火来取暖，可以抵御风寒；用火的熊熊之势来驱赶野兽，保得安全。有学者说，人的定义应该是使用火的动物，只有举起火把才算人！红和火在语言表达上也是相互关联的，例如"红红火火"。所以，"**红**"字的**第一个文化基因解读就是文明的起源**。

五行，除了和五色相匹配，也和人的五脏（心、肝、脾、肺、肾）相匹配。心匹配火。如图2所示：

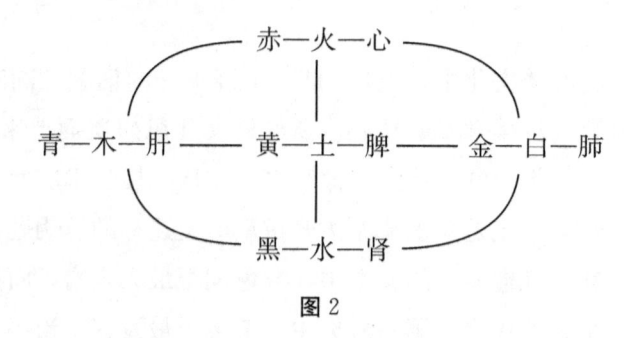

```
          赤—火—心
              │
青—木—肝 —— 黄—土—脾 —— 金—白—肺
              │
          黑—水—肾
```

图 2

这个时候，我们就可以看到一个清晰的脉络：红—火—心。从外部颜色上来看，火和心都是红色——这是它们的外在表象，那么红和心的内在文化联系又是什么呢？

中国的文化和西方的文化最大的区别就是，前者是"用心"的文化，后者是"用脑"的文化。中国文化强调直观体悟，所以悟性的高低是判断一个人聪明与否的基本指标。注重直观体悟的思维多是与用心联系的。在古代中国，心在人体中被称为"君主之官"，它的地位如同君主。心又是"神明"的源泉，所谓神明就是一个人的才思与智慧。换句话说，中国传统文化认为，一个人的所思所想，皆来自心。这便构成了中国文化模式——用心的文化。

千百年来，中国先民始终相信人是用心来思维的。例如孟子就说："心之官则思。"虽然现代科学已经告诉我们，思维在脑而不在心，但这样的文化理念与文化元素仍然存在于中国人的文化基因之中，所以我们才有了至今还在用的词汇，诸如"用心学习""心想事成""心领神会"等，也才有了具有中国特色的用心文化。从图1和图2可见"红"与"心"属同一系，因此，"红"字的第二个文化基因解读就是中国文化的模式。

红，在中华文化生活中，在哲理认识上，都是非常重要的。中国文化的核心理念强调天人合一。这里的天有两层含义：第一是祖宗之天，第二就是自然之天。所以，才有了我们对自然的敬畏和顺应。自然为什么要让我们去敬畏和顺应？是因为自然同人类一样，有着自己的生命。自然的生命是什么颜色？是绿色。那么人类的生命是什么颜色？是红色。

古时有观点认为人上可通茫茫宇宙，下可接浩浩尘世，所以才有了中国文化中天、地、人"三才"的说法。盘古开天辟地之时，阳气上升形成天，阴气下沉形成地，而人在天与地间居核心地位，便成为万物之灵。如果说，绿色是自然的生命之色，那么象征人类生命的红色就是自然生机的结晶和升华之色。欣欣向荣的草木，一派碧绿，生机盎然；而草木之华，则以红色为代表。所以，有杜甫的"晓看红湿处，花重锦官城"的名句，有李煜"林花谢了春红"的惋惜，也有"红花还需绿叶配"的俗话。所以，**"红"字的第三个文化基因解读就是人类的生命之色**。

在我们的日常生活中，无论古今，红永远是表达吉祥、快乐、喜庆之意的首选色。大红灯笼高高挂，红红火火的日子过起来，春联、窗花、祝贺的拜帖、红包，等等，样样都是红。因此，红在日常生活中便成了代表美好的佳色。所以，**"红"字的第四个文化基因解读就是普通民众的喜庆佳色**。

女孩子爱红天经地义，无论大家闺秀还是小家碧玉，就连杨白劳这样的穷苦人家，过年时他也惦记着为喜儿买回一根红头绳。我们常常用的红粉知己、红颜薄命这些词汇，其中的红都指女儿。《红楼梦》中的女儿们，最后"千红一窟"——落红、残红、飞红、坠红，随着溶溶漾漾的流水一起"万艳同悲"。这是对红的哀悼，更是对红的怀念！所以，**"红"字的第五个文化基因解读就是女性之色**。

从《红楼梦》中看"梦"的文化基因

曾经有学者考证《红楼梦》书名的出处是在李商隐的诗词《春雨》中——"红楼隔雨相望冷""残宵犹得梦依稀"。虽然诗词中确有红楼梦三字,但这三字并不相连,所以又有研究者指出,"红楼梦"一词应出自蔡京的《咏子规》——"凝成紫塞风前泪,惊破红楼梦里心"。其实在中华诗词中,有"红楼梦"三字的文句比比皆是。如果按照这样的逻辑,找出一百首也不是难事。

"红楼梦"是不是最原始的书名,此处无须再去辨析,因为"红楼梦"这三个字早已深入人心,它的根系盘根错节地缠绕在中华文化之中。"石头记"也好,"风月宝鉴"也罢,不过是学者们用来考证的参照标识而已,其内涵早已不能和"红楼梦"一词同日而语了。

在传统文化之中,梦历来被文人们浓墨重彩地渲染,以梦为基调的优秀作品亦不在少数,例如沈既济的《枕中记》、李公佐的《南柯太守传》、汤显祖的"临川四梦",等等。《红楼梦》更是在梦幻中展示并推动了一段段故事情节。正如脂砚斋所说:

> 一部大书起是梦,宝玉情是梦,贾瑞淫又是梦,秦之家计长策又是梦,今作诗也是梦,一柄风月宝鉴亦从梦中所有,故《红楼梦》,梦也。

《红楼梦》中的梦,林林总总。由十二个梦建立起来的梦幻框架,犹如仙山楼阁,美轮美奂。大的气势恢宏,小的精巧可爱;高的无法逾越,深的无可探究;宽的触目惊心,美的令人心动。梦与梦之间紧紧相随，前后勾连，环环相扣，丝丝入微。笔触之细，文采之美，雪芹可谓煞费苦心。如此十二分的用意，原因何在？恐怕仍然是文化基因所致！

从古至今，梦是中国人向往的生存样态。为什么这样说呢？我们从三个层面来解释。

第一，从文化层面上来说，构成中华文化的三大支柱——儒、道、释的终极目标，皆是一份像梦一样美好的允诺。

儒家和道家，犹如中国人的地与天。人在世间，脚踏地，头顶天。儒家教我们如何脚踏实地，教我们如何对自己、对家庭、对社会乃至于对国家担负起一份责任和一份义务。这是最务实的表现，也是我们现实生活中的"八小时之内"。但是我们这么做的目的是什么呢？可能孔子会捻捻胡须，告诉我们只有通过"克己复礼"，才能"止于至善"。于是儒家给出了一系列的道德规范，并谆谆教诲：只有我们都道德自觉了，才可能进入像梦一样美丽的理想社会。从汉武帝"罢黜百家，独尊儒术"以来，历经千年，事实又如何呢？像梦一样的美丽，恐怕也会伴随着像梦一样的虚幻。但中国人追逐完美的梦境直至今日也不曾间歇。

如果说儒家让我们自我实现的话，那么道家就会让我们自我超越。在道家看来，儒家的框框条条太多了，使人性扭曲变形。庄子说："天地有大美而不言，四时有明法而不议，万物有成理而不说。"人就应该放开自己的天性，和自然万物同欢畅。"乘物以游心，独与天地精神往来"，心游万仞，逍遥于江河湖泊之上、大山沟壑之中。在这种极度自由的诱惑下，道家同样给中国人编织了一个美丽的梦境。这样的梦境虽然不受牵绊，但却成了无根之木、无源之水。

如果今生不能自我实现，不能到达理想的社会状态，也不能自我超越，不能逍遥游于天外，怎么办？佛家会告诉你，祈求来生吧！离开喧嚣的凡尘，丢开这副臭皮囊，因为世间一切"如梦幻泡影，如露亦如电"，转瞬即逝，然而修成正果后，西天自有极乐世界。于是，中国人又开始在佛家构建的梦中如痴如醉了。

第二，从政治层面上来说，中国古代，一家一族，一朝一代，兴衰际遇，破败兴旺，皆一场场大梦。

秦皇汉武，唐宗宋祖，今何在？曹家百年望族，君子之泽，也不过"五世而斩"。历史就定格在时间的长河中，而一群群人、一件件事，千丝万缕，错综复杂，纠葛牵绊在一起。但这些不过就是在不同的时间、不同的地点，由不同的人物上演同样的政治游戏。无论你伟大也好，草芥也罢，最终烟消云散，最多化为文字定格在书本、岩石、墓碑之上。这不就是一场大梦吗！

第三，从个人层面上来说，只有在梦中，我们内心的真实感受才能被尊重，我们的允诺才能得到满足。

《牡丹亭》中的杜丽娘唱着："原来姹紫嫣红开遍，似这般都付与断井颓垣，良辰美景奈何天，赏心乐事谁家院！"她不知道自己会蓦然心惊于一个梦里。这个读着"关关雎鸠"而不迈出绣楼一步的女孩子，却在梦中见到一个书生——柳梦梅。两人一见如故，心心相印。这场梦使她看到了被世俗掩蔽着的内心世界，使她开始为自己而活！因为，虽有着如花美眷，却不抵似水流年。

梦有何用？百无一用。但谁又离开过梦？在现实中，它不是技能，不是知识，不能化为物质，但在精神世界里却为我们每一个人开启了一扇通向希望、唯美与浪漫的大门。今天的我们不仅仅为名所驱，为利所惑，更重要的是我们丧失了做梦的心境。

正是在这种境况下，《红楼梦》似乎给了我们一个做梦的机会，一个做梦的场所，一个寻梦的依托。至此，梦的文化基因也就在我们体内开始向外显现了。

从《红楼梦》中看"十二"的文化基因

在《红楼梦》中,"十二"这个数字显得很突出。无论是文本之"上",还是文本之"下",都不离"十二"。《红楼梦》的异名,就有《金陵十二钗》一说。大观园中,有十二处馆阁苑榭,十二个大丫环,十二个小优伶。冷香丸的配方、药味、剂量,无一不是以十二为数。秦可卿出殡时,送殡的富贵王孙隐着十二生肖。周瑞家的送宫花是十二支。连女娲炼的大顽石也是高经十二丈,方经二十四丈。所以无待烦辞,大家都会承认"十二"乃《红楼梦》中的一个基本数。《红楼梦》的结构,更是以"十二个梦"来作支撑和框架的。

为什么是"十二"这个数字呢?我认为,这还是要归结于中华文化的文化基因。

"十二"这个数,在中国传统文化之中,显得非常神圣。例如十二生肖,每一个中国人都有属于自己的属相。在中华文化之中,有一个词可以作为我们文化的精神核心——"天人合一"。老祖宗对"天"尤为关注。他们首先关注的是月亮:月亮绕着地球转,每年转十二圈,形成十二个月。"十二"是两位数,它的一个因数为"六","六"在传统文化之中又有"天六"之称,所谓"天六地五,数之常也"。因为敬"天",于是先民们就开始敬重"十二"了。古人把天空分为十二个区域,以十二地支来命名,叫作"十二辰"——子、丑、寅、卯、辰、巳、午、未、申、酉、戌、亥。

因为对"十二"的尊崇,所以人们对十二的倍数以及因数都同样"器重"。例如二十四是十二的倍数,所以先民们把一年又分为二十四节气。

从文化层面上来说，十二的倍数和因数更是中国文人潜意识中的最佳选择。例如《水浒传》是从三十六人演变发展成为"三十六天罡""七十二地煞"的，合而称为梁山泊"一百单八条绿林好汉"。十二的因数"三"，在中华典故里，随处可拾——三战吕布、三顾茅庐、三气周瑜、三打祝家庄、三打白骨精。但是《红楼梦》不大用"三"，主要用"十二"。

我国古代的音名也是用"十二律吕"来表示。它们依次是黄钟、大吕、太簇、夹钟、姑洗、中吕、蕤宾、林钟、夷则、南吕、无射、应钟。每个音为一律。其中单数的六个音称"六律"，属阳；双数的六个音称"六吕"，属阴，合称"十二律吕"，也称"十二律"。

这些和"十二"有关的文化现象，都是尊崇"十二"的"文化基因"。所以，《红楼梦》中"十二"这个数的突出，仍然是因为中华文化的文化基因。

参考文献

周汝昌.《红楼梦》与中华文化. 北京：华艺出版社，1998：193-194.

从《红楼梦》中看"生死"的文化基因

贾宝玉对生与死，有着自己独到的看法，而且对于自己的死法设想得近乎荒诞。如果仅仅从故事层面去看，你会觉得贾宝玉无疑是个疯子。

贾宝玉曾经和袭人一起聊过"生死"。袭人的理解，足可以看到她接受的是那个时代世俗的生死观——她心中"文死谏，武死战"便是大丈夫的名节。从儒家主流思想的层面来说，这并没有什么错。为国家和人民而死，是最光荣、最能载入史册的死法。

贾宝玉常常愤世嫉俗，在他心里"文死谏，武死战"完全就是"禄蠹"之死。他对这样的生死，首先就是一顿劈头盖脸的痛骂。他说，"武死战"的前提就是打仗。要打仗就有死伤。武臣自己疏谋少略，猛拼一死，成就了自己的忠烈之名，但是你把将士、人民弃于何地呢？纵观历史，兵荒马乱的岁月，往往民不聊生，遭殃的仍然是百姓。"文死谏"在贾宝玉眼中就更不值一提了。他说，那些文臣读了几句书在肚子里，只有理论没有实践，就知道在朝堂上叽叽歪歪，像唐僧似的；皇帝一烦，拖出去斩首，反而成就了他的忠烈美名。这些在贾宝玉心中都不是"正死"。

贾宝玉怎么设计自己的死？说来新奇而荒诞。

他说，我此时若有造化，趁着你们（大观园的姐妹们）都在眼前，我就死了，用你们哭我的眼泪流成大河而把我的尸首漂起来，流到那鸦雀不到的地方，化为一股青烟，随风散了，不要留下任何蛛丝马迹。

贾宝玉对生死的设想有文化基因吗？有文化依据吗？

这种对生死的"向往"是贾宝玉对生与死的一种豁达与"看破"，并不是一般意义上的"找死"。贾宝玉真正向往的生命终点是"随风化了"。这与庄子对"生死"的理解完全一样。道家哲学认为，生命是天地之间若有若无之际聚集起来的一股气息，气息逐渐变成形体，形体又孕育出了生命——人就是这样来的；当生命又走向死亡时，随着形体的消失，生命又化成气回归自然了。

《红楼梦》中贾宝玉在设想自己死的时候是非常坦然的，他只要众姐妹的眼泪流成大河把他的尸首漂起来，送到那人迹罕至的幽僻之地。当然这是被曹雪芹艺术化了的语言，但其中所折射出来的坦然与庄子在《列御寇》中所描述的境界一样。庄子快要死的时候，他的学生商量一定要好好地安葬他。庄子听见后说，我死了之后要"以天地为棺椁，以日月为连璧，星辰为珠玑，万物为赍送"。意思是这广大天地就是我的棺材，日月星辰就是我陪葬的珠宝，天下万物就是送我的礼物。这是多么宏大的气魄！这是庄子在死亡之际对回归大自然的一种向往。《红楼梦》中让尸首漂到"那鸦雀不到的幽僻之处"而"随风化了"，也体现了道家哲学"回归自然"的这种境界。

有这样一个故事：庄子的妻子死了，按照我们常人的理解——你要哭啊，但是庄子却"鼓盆而歌"。亲朋邻居就纳闷了，说庄周你是怎么了，你老婆死了你还那么高兴，你是不是觉得她死了你好另娶啊。庄子说，她这是真正地回归大自然了。

庄子曾经批评儒家是"化性为伪"。儒家从来不讲"怪力乱神"，"六合之外"存而不论。孔子的学生曾经问他什么是"死"，孔子回答："未知生，焉知死。"意思是说，你对生都没有搞明白，问什么死。儒家永远关注当下，其实这是儒家务实的一面。

《庄子》里一个永恒的主题就是"生与死"。"生死"是人生的终极关怀。庄子说："古之真人，不知说生，不知恶死。"意思是真正懂得生命奥秘的人，不会因为拥有了生命而欢喜，也不会因为死亡的来临而惊恐万分。庄子从来不会刻意地去追问生从何来，死往何去。因为庄子认为，生和死只不过是一个生命形态的变化，是人生起始的两个端点。从庄子对于

"生与死"的定义，我们不难认识，其实生命就是客观事物从一种状态转化为另一种状态的过程。

贾宝玉最喜欢《庄子》，正是领悟了生命不过是从时间的长河中借来的一段光阴而已。生与死，不需要人为地赋予那么多的含义。人与自然本来就是一体，至于以怎样的外在形态存活在当下，完全没有必要去在意。

所以贾宝玉的生死观的"文化基因"就是道家的生死哲学。

参考文献

于丹. 于丹《庄子》心得. 北京：中国民主法制出版社，2007：1-11，49-59.

从《红楼梦》中看"宝玉"的文化基因

对"贾宝玉"这三个字的解释,当下最普遍的认知就是"假宝玉"——一块假的宝玉。曹雪芹为《红楼梦》中的人物命名,可谓煞费苦心、独具匠心。用"宝玉"二字为一号男主角命名,难道就只是取"假宝玉"的谐音那么简单吗?恐非如此!其实"宝玉"一词蕴藏着特殊的文化基因。

"宝"与"玉",都有一个"玉"字。而"玉"在《红楼梦》中是一个极其尊贵的字眼。曹雪芹对"玉"的赐予,绝对不是随随便便的,所以他在书中还明明白白地交代说,林之孝的女儿红玉,因为犯了"玉"字的忌,所以后来改名为小红。通观《红楼梦》全书,三四百个人物的名字中始终有"玉"者,除贾宝玉外仅有三人——林黛玉、妙玉、蒋玉菡。这三个人和贾宝玉的关系都非同一般。他们和贾宝玉之间构成了三种不同的缘分。林黛玉受灌溉之情,因为要还泪报恩才下世为人,所以她和贾宝玉之间构成了一段"仙缘"。妙玉虽然遁入空门,自称"槛外人",但是"云空未必空",贾宝玉自谦"槛内人",却心存善念而一片佛心,所以他们之间便构成了一段"佛缘"。蒋玉菡与贾宝玉"由色生情",以致贾宝玉为他大受笞挞而遍体鳞伤,所以他们之间便存下了一段"俗缘"。

那么"宝玉"到底蕴藏着怎样的文化基因呢?"玉"是"王"和"、"的合成。有些文字学家认为,"王"和"玉"的字形最初是一样的,所以古代的造字者为了区分它们就加"、"以示区别,而这一区别最早是在隶书中表现的。不加"、"为王,加"、"为玉。一开始,"、"是加在王的上边,后来又改为放在下面,就有了今天我们看见的"玉"字。"玉"上的这个"、"代表什么意思呢？它象征着玉上的瑕疵，表示世间并没有尽善尽美的东西。《说文解字》中说："玉，石之美有五德者……象三玉之连，丨其贯也。"玉在中国文化中是君子的象征，因为它具备了"五德"——仁、义、智、勇、洁。所谓"三玉之连"，是指用一根绳子串起来的三块美玉，它代表着"天地人三通"。所以"在古人看来，玉能代表天地四方，以及帝王，能沟通神与人的关系，传述上天的意志，是万物的主宰"[1]。

《说文解字》上面又道："王，天下所归往也。"汉代大儒董仲舒说："古之造文者，三画而连其中，谓之王。三画者，天地与人也……而参通之，非王者庸能当是。"意思是说，凡能沟通天、地、人的人则天下之人都会归顺他，这样的人就可以当帝王。[2] "王"的组成是"三"加"丨"，"三"其实就是《易经》中的"乾卦"，三横从上到下依次代表"天""人""地"，"丨"代表贯通，寓意能游走在天、地、人之间的一种神力。

至此，我们不难看出，"玉"和"王"有一个共同的含义——能通达天、地、人三才。

而"宝"在《说文解字》中是这样解释的："宝，珍也。从宀、玉、贝，缶声。"从当今简化的"宝"字来看，是在"玉"的头上加了一个宝盖头，其意思就是藏在屋子中的美玉。

诠释了"宝"与"玉"之后，我们再看看《红楼梦》中男主人公贾宝玉的名字——"宝玉"。取名"宝玉"是因为他在出生之时口中含有一块"通灵宝玉"。这块"宝玉"，是女娲当年炼石补天之时弃而未用，丢在大荒山无稽崖青埂峰下的。因为这块石头被女娲锻炼之后，灵性已通，虽然具有补天之才，但不堪入选，后来被两位神仙携入红尘，投胎在了诗礼簪缨之族、昌明隆盛之邦、花柳繁华地、温柔富贵乡。贾宝玉原本是天上的神仙，因为要下世历劫，所以便投胎为人，出生之时口中就含着"通灵宝玉"。

所以"宝玉"这个名字，代表着"合二为一"，是神瑛侍者和石头的

---

[1] 赵武宏主编：《细说汉字》，大众文艺出版社，2010年版，第43页。
[2] 赵武宏主编：《细说汉字》，第43页。

合体。在人世间他们变成了一个人——贾宝玉。所以在贾宝玉身上既有"神性"又有"人性",既有"玉性"又有"石性"。从故事情节来看,贾宝玉既有善解人意的一面,又有纨绔子弟的一面;既有才华出众的一面,又有懒散堕落的一面。其实这些瑕疵就如同玉上的斑点——只要是人就不会十全十美,正因为不能十全十美,他才是一个真正的人。

曹雪芹为他取名"宝玉",从文化基因的层面上说,是想表达怎样的思想呢?

无论是贾宝玉也好,还是石头也罢,他们演绎的故事其实就是"补天无门"。石头曾经被女娲锻炼,和其他顽石一样,具有补天之才,但是有命无运。贾宝玉满腹经纶却不合时宜,无处补天,空有一副好皮囊,生在豪门贵府之家,也仅仅是"藏在屋子中的美玉"而已,并没有发挥他的才能。他不就是代表着一个能通达"天""地""人"的人,被埋没在了温柔富贵乡吗!这个人有"王"的才能——上可通茫茫宇宙,下可接浩浩尘世。加上"、"则说明这个人不是神,是一个真实的人,是一个既有优点又有缺点的人。组合成一个"玉",象征着现实中的这个人,这个并不十全十美的真人,有补天之才,能在现实社会中治国平天下。然而"玉"字前面加一个"宝",虽然珠光宝气,锦衣玉食,但一个"宝盖头"压着一个"玉",则暗示着这个人被一种世俗的观念摒弃了,有多么大的才能也不过是孤芳自赏、聊以自慰而已。这一切含义组合起来就成了两个字——"宝玉"。

从《红楼梦》中看"和谐"的文化基因

《红楼梦》研究越来越火,究其原因,众说纷纭。我记得马瑞芳先生曾经给出了这样一组数据:

> 20世纪后半个世纪,明清小说研究论文百分之九十集中于《三国演义》、《水浒传》、《西游记》、《金瓶梅》、《聊斋志异》、《红楼梦》、《儒林外史》七部名著;总共发表论文17315篇,其中《红楼梦》研究的8756篇。也就是说,七部名著研究论文中,每两篇就有一篇研究《红楼梦》,真是"一部红楼,半壁江山"。[1]

中国文人和《红楼梦》的瓜葛,恐怕是难以斩断的。当我们避开红学的纷争,静下心来理一理来龙去脉,会惊奇地发现:《红楼梦》在中国文人的潜意识中,早已不仅仅是一部小说,因为不知何年何月,这部神奇的小说,已经蜕变成了一套供中国文人参照的"文化依据"。

例如,当今社会在高科技的催化下,以不可计量的速度向前奔驰。工作程序化,生活程序化,交际程序化,早已成了当下的时代特征。"高速"和"程序"带来了繁盛的物质财富,却在不经意之间使人丢掉了生命中的从容与淡然。在这样一种现实状态下,人们开始烦躁不安,在奔波劳乏的日日夜夜总感觉无边无际的空虚和寂寞。于是,我们试图在往来穿梭的人群中寻找一分理解与寄托,试图在炫目的霓虹灯下求得一分内心的安宁,试图在

---

[1] 马瑞芳:《红楼人生五大事》,载《文史知识》2006年第3期,第28页。

钢筋混凝土的写字楼里享受阳光灿烂的绿色田园。所以,"和谐"便成了人们渴望追求的价值观念。

对于"和谐"这个词,我们并不陌生,但是什么是"和谐",每一个人未必都能理解得那么透彻。"和谐"的精神在三个层面:天人和谐,人人和谐,自我和谐。

"天人和谐",其实就是人和自然的关系。对于自然,对于自己生存的环境,中国人从来不讲究去"征服",因为我们对待自然总有一分敬畏。征服自然,最终会与自然决裂,与此同时也把人类逼到了孤寂的悬崖边缘。

"天人和谐"是《红楼梦》中推崇的人与自然和谐相处的一种境界。贾宝玉常说:"不但草木,凡天下之物,皆是有情有理的,也和人一样,得了知己,便极有灵验的。"这些语言并不是疯疯傻傻的呆话,而是坦言了一种对待自然万物的态度。在《红楼梦》中贾宝玉会因为生病耽误了欣赏杏花而感到一丝愧疚,会因为残花飘落于地而不忍踩踏。这些"怪异"的举动不是现代意义上的"花痴",而是让我们体会到一种平等地、和谐地、包容地、亲切地对待自然的心境。

我们知道,要和自然建立一种和谐的关系,需要尊重自然,与其进行"情感交流"使之人情化;但我们又实实在在地生活在这样一个高速运转的数字化时代,需要通过科学的方式创造出"第二自然",为我们所用,为人类谋福。但是,"创造"的方式是什么?征服?永远不可能,因为人类征服自然的那一天,便是人类灭亡的那一天。

我们从自然那里得到了太多的恩惠,正如《尚书》中说:"惟天地万物父母。"我们需要呵护自然。这种"呵护"说来其实很简单,只要我们能秉承老祖宗留给我们的那一份朴实的精神就可以了——天人合一。

简简单单的四个字,却蕴藏着中国先民的智慧。这是一种高明得无以复加的哲学理念。"天人合一"的核心就是"顺应自然"。这里的自然不是"自然界",是指万物的"本然",也就是我们通常说的"本性"。所以,"顺应自然"不是顺从自然界,而是顺从一切事物的本然状态,顺从它的本性。

我们时常能在报刊和电视上看到这样的报道,说人类在某时某刻又征服了几千米的高峰。这是"征服"吗？其实是满足了人们内心对于征服的虚荣感而已。人们一旦有了"征服"的举动，就已经把自己摆在了自然的对立面。

我们主张的"天人和谐"，除了需要有贾宝玉式对待自然的情感外，还需要有"循理而举事""推自然之势"的科学化手段。

研究《红楼梦》让我体会最深的，就是它首先让我学会了一个人应该怎样去对待别人、怎样来关怀自己。人是群居性的高等智慧生物。人与人之间的关系错综复杂，犹如一把双刃剑。用得好，你将所向披靡；用不好，可能会伤及自身。所以"和谐"的第二个层面就是要做到"人人和谐"。

薛宝钗能随分从时，豁达开朗，会根据不同的场合选择不同的处事方式。或许你觉得这过于圆滑，但是薛宝钗的那份善解人意之心却是真挚的。所以她在贾府的人缘也最好。这一份好名声，不是扭捏作态得来的，而是建立在真诚、善意、关怀的基础之上的。所以通过《红楼梦》，我们能从中找到搭建"人人和谐"的社会关系的"建筑材料"。

"自我和谐"是"和谐"最为重要的一个层面。无论是"天人和谐"还是"人人和谐"，都是建立在"自我和谐"基础之上的。"自我和谐"说来也最为简单，就是在茫茫人海之中，在大千世界之内，在程序化、机械化的当代社会，我们如何能让内心宁静，让内心笃定！在今天的生活中，我们不缺乏各种各样的物质、各式各样的享乐，但是面对内心，有几个人能说，我们的生命在时空中穿越时体会到的是一种莫大的享受？恐怕很多人的切身感受是"煎熬"。

林黛玉聪明而美丽，在贾府中过着锦衣玉食的生活，但是我们却在书中时时听见她"一朝春尽红颜老，花落人亡两不知"的哀叹。林黛玉的内心时时都是紧张、惊愕的，其根源就是自我不和谐。在大观园中，她不去享受"原来姹紫嫣红开遍"的良辰美景，却在潇湘馆中吟唱"似这般都付与断井颓垣"的感伤。面对一样的春光明媚、春风淡荡，薛宝钗享受的是"好风凭借力"，而林黛玉却在低吟"叹今生谁拾谁收"。一个年轻蓬勃的生命就在"自我不和谐"的摧残下随风散了……

"自我和谐"就是有一个好的心态、一个健康的身体，有时时享受生活的情趣。只有实现了"自我和谐",才能实现"人人和谐",最终达到"天人和谐"。

从《红楼梦》中看"和谐",能让我们在曹雪芹的笔下领略和谐的真谛,找到一个构建和谐的坐标。

从《红楼梦》中看"冷香丸"的文化基因

农历四月二十六,原本是一个平常的日子,却被周汝昌先生赋予了一个特殊的含义,因为这一天是贾宝玉的生日,也就是曹雪芹的生日。我们不用去考证是真是假,因为这份对曹公的感念之情足以让人敬佩。无独有偶,我被邀请去四川师范大学成都学院讲座正是这个日子,这也算对雪芹的缅怀吧……

在成都学院讲座的时候,有学生问了我这样一个问题:"薛宝钗吃的冷香丸为什么要用白色的花?"这个问题看似简单,回答起来却十分不容易。因为它既是一个艺术问题,又是一个医学问题,更牵扯着中国"理念相通"的文化思维。

对"冷香丸"的解释及其与薛宝钗的性格关联,包括其中象征金陵十二钗的"暗指",都早已被读者、专家分析得"体无完肤",所以我不能在此"唐僧"了。

我想回到"理念相通"的文化思维层面来浅析一二。

我们都知道,中国文化、西方文化是两种不同的文化体系。从文字上看,中国的文字,是重"形"的文字。我们祖先在造字的时候,最先是通过观察自然而取得"象"来造字的。例如"东",老祖宗最初在观察东方的时候,每天都看到太阳在树林间冉冉升起,于是就有了这个字最早的形态(图3):

图 3

中国的文字,是从视觉感官上发展来的,因此中国的文化重"直观",重"感悟",被称为一种"用心"的文化,也因此中国不乏大诗人、大散文家。

而西方的文字,是重"音"的文字,是从听觉感官上来的,不受视觉的限制,所以它重"逻辑",重"理性",被称为一种"动脑"的文化,所以西方不乏大科学家。

中国的学问,也不像西方——文学、历史、政治、军事、文化、管理、天文、地理分得那么清晰。中国的学问,是"大一统",四通八达。在我们的记忆中,我们好像没有看见过哪位古人在学习数学,在做化学实验,而似乎都是在背诵"四书五经",在吟诗作对,在坐而论道。但是他们学这些吗?当然要,他们是"大一统"地学,是"理念相通"地用。乾隆时期,纪晓岚编纂《四库全书》仍笼统地将中国文化分为经、史、子、集。

"理念相通"怎么理解?

例如医学。中国最早的医学典籍《黄帝内经》,从专业角度来说,属于医学类。但是,它同时又是一本文学经典,又是一本哲学经典,又是一本治理治国之书。

它的语言非常精辟,是黄帝和他的老师岐伯之间的对话,所以中国的医学又被称为"岐黄之道"。它的哲学视角非常奇特。诸子百家中的道家、儒家、法家、名家、阴阳家等的哲学视角都是"**向外看**"的,看"人间秩序",看"自然无为",看"法律法规",看"天地大道"。唯有《黄帝内经》的哲学视角是"**向内看**"的,看自己的身体,看五脏六腑,看它们之间的相生相克。《黄帝内经》认为,天地大宇宙,人体小宇宙;只有小宇宙和大宇宙相和谐,人才能安顿一生。所以《黄帝内经》被称为"帝王之学",因为它关乎生命的"大慈悲"和"大功德"。

为什么《黄帝内经》又被称为治国之书?在汉武帝"罢黜百家、独尊儒术"之前,用来治理国家的学术就是由《黄帝内经》阐发出来的治理之道——"黄老之学"。它认为"上医治国,中医治人,下医治病"。国家是由很多的人组成的。只要治理好"人",国家自然就好了;能治理好国家,天下就太平了。这就是"理念相通"。

其实所谓"理念相通",就是我们从一点出发,根据一个道理,就能知道很多不同的知识。

那么我们怎么从"理念相通"的文化思维来看"冷香丸"的颜色呢?薛宝钗的病是从娘胎里带来的一股"热毒",是先天之症,所以要用"神仙"给的方子才能治。其中的主要原材料是四样花蕊:春天开的白牡丹花蕊十二两,夏天开的白荷花蕊十二两,秋天开的白芙蓉花蕊十二两,冬天开的白梅花蕊十二两。

这四样花都是白色。为什么要用白色?我们首先看图4:

```
      南
      |
东 ── 中 ── 西
      |
      北
```

图 4

按照我们现在的习惯,一般是左西右东、上北下南。但是在我们传统文化之中,却是把"南"放在上边,"北"放在下边。这并不是说,我们的老祖宗把南和北弄反了,而是讲究"天人合一"。"东西南北中"和人体的"心肝脾肺肾"相匹配:**东匹配肝,南匹配心,西匹配肺,北匹配肾,中匹配脾**。因为人的心永远在上方,肾永远在下方,所以我们就把"南"放在上,把"北"放在下,于是就出现图5:

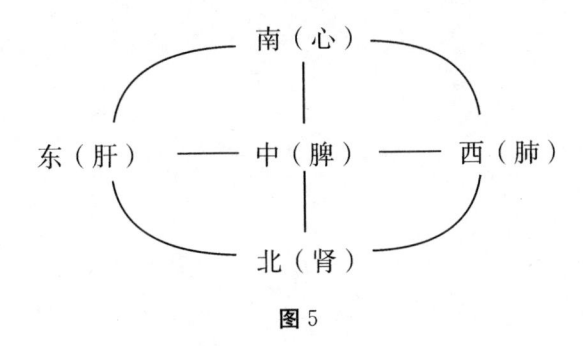

```
        南(心)
          |
东(肝)── 中(脾)── 西(肺)
          |
        北(肾)
```

图 5

同样"东西南北中"也和"五色"相匹配：东匹配青，南匹配赤，西匹配白，北匹配黑，中匹配黄。

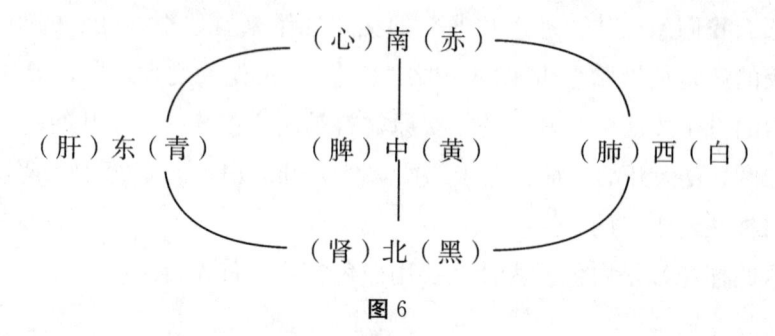

```
                （心）南（赤）
                     │
（肝）东（青）   （脾）中（黄）   （肺）西（白）
                     │
                （肾）北（黑）
```

图 6

从图 6，我们就能明白为什么"冷香丸"要用白色的花蕊，因为薛宝钗的病是从娘胎里带来的一股热毒，在她身上的临床表现就是咳嗽。咳嗽就是肺上的问题。白色入肺，所以用于药的花蕊都是白色的。

从《红楼梦》中看神话的文化基因

《红楼梦》一开始就有两段叠加的神话。第一个神话故事源于女娲炼石补天一事。女娲一共炼就了三万六千五百零一块石头，补天却只用了三万六千五百块石头，唯有一块石头未用，便弃在大荒山无稽崖青埂峰下。石头虽有补天之才，但不堪入选，后偶遇两位神仙，好一番央求才得以被携入红尘去"受享"花柳繁华、温柔富贵。第二个神话，是灵河岸边三生石畔的绛珠仙草为报答赤瑕宫神瑛侍者的灌溉之情而引出的"还泪"故事。

这两个神话故事虽然相对独立，但是在后来的故事演绎中却又有着内在的联系。神瑛侍者下世为人历劫，其间他携带了那块被女娲丢弃的顽石，所以他转世投胎之后口中就含着这块"宝玉"，至此《红楼梦》中的贾宝玉就成了神瑛侍者和顽石的"合二为一"。

曹雪芹用两段叠加的神话故事来开头的创作方式，是受什么样的文化基因支配呢？要寻找这个文化基因，我们需要从两个点来切入分析。

第一，技法。从写作技巧而言，从神话传说叙起，有娓娓道来之意，这符合中国人的叙事方式和审美情趣。汉武帝的叔父刘安，曾聚集众多文人志士编撰了一部《淮南子》，其中有这样一段话："世俗之人多尊古而贱今，故为道者必托之于神农、黄帝而后能入说。"可见这种写作技巧在汉代之前就有了。这种曲径通幽、层层深入、循序渐进的方式，并不是曹雪芹首创，而是自古就有。例如《三五历记》中描绘开天辟地的过程：

> 天地混沌如鸡子，盘古生其中。万八千岁，天地开辟，

阳清为天，阴浊为地。盘古在其中，一日九变，神于天，圣于地。天日高一丈，地日厚一丈，盘古日长一丈。如此万八千岁，天数极高，地数极深，盘古极长。

"天地混沌如鸡子"是指天地还没有开辟之前，就像蛋清和蛋黄一样呈浑浊状态。象征着人的盘古生在其中，长了多久呢？一万八千年。天地慢慢地开辟，是一个从容和缓的过程。它在中国文化层面，不是现代意义上的宇宙大爆炸，而是两股气息的分离："阳气"上升形成天，"阴气"下沉形成地。"气"在中国传统文化中就是"生命"。这个时候盘古还在其中生长，而且一日九变：天日高一丈，地日厚一丈，"如此万八千岁"——又过了一万八千年，而最终"天数极高，地数极厚，盘古极长"——这个时候已经不知道天到底有多高，地到底有多厚了。

东方人和西方人的叙事方式往往不一样。西方人喜欢开门见山，东方人喜欢曲径通幽，归根结底这是审美意识的差异。例如西方的美女图，大多一丝不挂，给人一种强烈的视觉冲击，而中国美女图大多穿着一层纱，若隐若现，如柳扶风，这是中国人追求的一种朦胧之美。所以支配着曹雪芹用神话开头的第一个文化基因就是中国人的审美方式——朦胧、和缓、曲折。

第二，意法。这是作者藏于文字背后的文化思考。

《红楼梦》故事的缘起是女娲补天。女娲被认为是中华文化的始祖，所以用这样的神话故事开头就象征着一种文化的起源。无论是东方还是西方，追溯文化的源头，总是从神话开始的。因为神话是人类对大自然的崇敬，也是对现实生活的美好补充。余秋雨在《寻觅中华》一书中说过："神话是祖先们对于所见所闻和内心愿望的天真组建。"

《红楼梦》中的神话是以"石头"为主线的。在文学创作中，借石头来演绎故事的作品不少，例如《西游记》——孙悟空就是从石头中蹦出来的"石猴"。这块石头因为"自开辟以来每受天真地秀，日精月华，感之既久，遂有灵通之意"，于是便孕育了仙胎。而在真实的历史中，石头也有重要的意义。在人类产生的早期，石头成了人们征服自然的工具，于是人类史便有了"石器时代"。

借石头神话来创作是"石头崇拜"的文化基因决定的。"在中国传统文化中，存在着一种石头崇拜的意象。石头崇拜的源头最早来自女娲炼石补天的传说"[1]。"女娲补天"在《红楼梦》中的作用与意义，已经被红学家说尽了。古代中国的历朝历代都曾走向过世道崩溃的边缘，这个时候有人逃避，也有人站出来力挽狂澜——"补天"。能在历史中力挽狂澜的人被尊称为"救世者"，但改朝换代似乎成了一种推动历史前进的原动力。新的开天辟地者会将原有的"天"砸得个粉碎，于是新一轮通向崩溃的车轮启动了，接着又有新的"救世者"。久而久之，在古代中国的文化思维中，"补天"就成了成就英雄的基本逻辑。"石头崇拜"的文化基因在中国民间渗透得最广，而且大部分呈显性状态，所以《红楼梦》中神话故事的第二个文化基因就是"石头崇拜"。

---

[1] 陈维昭：《〈红楼梦〉精读》，复旦大学出版社，2009年版，第14页。

红学的源头在哪里？

华夏文明悠悠五千年，成就了无数的学派。它们早已化成经典流淌在每一个中国人的血液之中。当代最引人注目的是中华"三大显学"——甲骨学、敦煌学、红学。甲骨学研究的内容是殷商盛世的古文古史，敦煌学研究的是大唐盛世的文献遗迹，所以说甲骨学与敦煌学，一个发源于殷商，一个发源于大唐。而红学源于何处？说来还有一个笑话。

"红学"一词源自戏言。李放的《八旗画录》和均耀的《慈竹居零墨》，都记载了这样一段故事。

清代乾隆以后，考据之风日盛，许多学子埋头在四书五经之中，但有一个叫朱昌鼎的人不肯趋附这风气，偏爱读小说，"自言生平所见说部有八百余种"，而且特别喜欢《红楼梦》，并把它研究得非常精熟。一天，朋友登门拜访，问他现在钻研什么经学，他说："我研究的经学是少一横三曲的。"那人不明白，他便解释说："'經'字去掉一横三曲不是一个'红'字吗？我专门研究的是'红学'啊。"

在朱昌鼎的心目中，《红楼梦》的地位不亚于经史。他将"研红"等同于"研经"，把当时看来不登大雅之堂的小说和高文典册相提并论，而且常夸饰于人，这在那个时代已经很具进步性了。当然，朱昌鼎和友人的对话带有几分玩笑的意味，他所自称的"红学"也并不是一种严格的科学命名。

红学是什么时候诞生的？红学界一般认为该从1754年脂砚斋重评《石头记》算起，其评点即最早的红学。但《红楼梦》研究真正形成严格的学术体系却要晚得多。19世纪末20世纪初，正是中国社会动荡剧变的时期。反对旧制度、提倡社会改良的呼声成为那个时代的最强音。用文学来揭露社会的黑暗，抨击旧制度，歌颂反抗精神，提倡民主，是那个时代不少激进文人的共识。这时儒家经典的光芒相对失色，在梁启超先生倡导的"欲新一国之民，不可不先新一国之小说"的观念推动下，《红楼梦》等"说部"文学，当之无愧地跨入了经典的行列。[①]

1904年，王国维发表《红楼梦评论》，从此开创了红学研究的新纪元。因此，王国维被后世尊称为"现代红学研究第一人"。1917年1月，蔡元培出任北京大学校长，兼容并包，广纳贤才，引领着中国"新文化运动"的三位著名学者——蔡元培、胡适之、陈独秀齐聚北大。同年，北京大学开设小说课程，胡适、刘半农、周作人成为中国历史上第一批"小说课"教授。"《红楼梦》研究由此作为古代小说研究的一个极为特殊的组成部分走上大学讲堂。"[②]

寻找"红学的源头"，其实具有两重意义：除了从历史时段上来寻找红学发源的具体时间与具体事件以外，更重要的是要找到"以书名学"的原因。《红楼梦》为什么能形成一门学科？说来异常复杂，但我们可以用四个字来浓缩——"两性""四待"。所谓"两性"是指《红楼梦》具有深刻的"时代性"和超强的"现代性"。《红楼梦》的"时代性"是指作者以"微尘之中见大千"的手法，为人们细细讲述了一个时代中一个民族由盛转衰而自破立新的"内外史"。《红楼梦》的"现代性"不是指它具有现代人的思想，而是指它对现代思想与生活的切入能力。所谓"四待"是指《红楼梦》永远具有"待释""待考""待辨""待续"的状态。《红楼梦》的"时代性"与"现代性"使它永远处于"四待"的状态：它等待着一个新的世界出现。因此，《红楼梦》"四待"的内容是未来红学主潮，而时代主潮永远引导着《红楼梦》意义阐释的方向。《红楼梦》的"时代性"与"现代性"也永远体现于时代主潮。所以从这个意义层面来说，红学的源头就在当下的时代文化主流之中。

---

① 郭皓政主编：《红学档案》，武汉大学出版社，2007年版，第2页。
② 曲怀明：《风起红楼》，中华书局，2006年版，第47页。

红学所承担的历史使命

我们常说"存在必有其存在的道理",我认为,"道理"很大程度上就是指"意义":如果一样东西没有了意义,它便不会长久地存在。

我们曾一味地怪罪《红楼梦》太"红"了,特别是当下,但似乎又很难找出它这么"红"的原因。在中国文化界,许多从事文学创作、文化研究的人,往往都要进入红学的研究。这种进入可能是自入、误入,可能是被迫,也可能是心甘情愿,但无论如何,或多或少,或深或浅,都在这个领域有所涉猎。

从传播学的角度来说,一个信息只有在被期待的时候才是有用的。换句话说,红学长盛不衰的根源,就是它一直被世人"期待"。"期待"的内容是什么呢?众说纷纭。我们从文化历史演变的宏观角度来看看。

20世纪我们经历了什么?

辛亥革命是一次翻天覆地的革命性突变。在华夏大地上,延续了两千多年的封建帝制,一夜之间,土崩瓦解。这一次毫不留情的颠覆,使人们在思想意识上一时不知道何去何从。

五四运动中,国人在寻找救国救民的路上摸爬滚打而提出了"打倒孔家店"的口号。一些人简单地认为,中国的落后,是为我们固有的传统文化所阻,只有打倒它,民主和科学才能顺畅地进入。

历史到了20世纪三四十年代,虽然有一大批知识分子为民族的存亡寻求生机，但是很多努力都只是个人学术式的探究而无法完成文化的重新构建，更无法建立新的价值体系。

20世纪五六十年代，"左"的错误使传统文化受到极大冲击，一落千丈。《红楼梦》幸免于难，但也避免不了被政治左右的命运。

改革开放以来，国力强盛了，物质生活极大地丰富了，但是新的问题出现了：一些人在物质极度丰盛的状态下越来越迷惑。为什么？于是，我们又开始了反思。

反思的最后，我们达成了共识——一个民族应该要有自己的"文化归属"。我们千万不要妄自菲薄，认为我们的民族多么落后。就以传统文化而言，中国堪称世界"中央之国"。这并非夜郎自大，也非关起门来夸夸其谈，作为炎黄子孙我们应该有这份自信和荣耀。

我记得西方的哲学家黑格尔在比较各个文明古国之后说："只有黄河、长江流过的那个中华帝国，才是世界上唯一持久的国家。"唯有中华文化绵延五千年不曾间断，而且中华文化有一个最大的特点——海纳百川。所以陈寅恪先生曾说，中华对外来文化，"无不尽量吸收，仍然不忘其本来民族之地位"。

于是，我们又把目光转移到我们的传统文化。我们今天讲"传统"，不是一种怀旧的情绪，而是心灵的回归和文化的追根溯源。"传统不是怀旧的情绪。传统是生存的必要。大资本、大科技、研究与发展，最终的目的不是飘向无限，而是回到根本：回到自己的语言、文化，自己的历史、信仰，自己的泥土。越先进的国家，越有能力保护自己的传统；传统保护得越好，对自己越有信心。越落后的国家，传统的流失或支离破碎就越厉害，对自己的前景越是手足无措，进退失据。"

红学历经两百多年，还兼顾着一项学术使命，就是对固有文化的一种反思。从当下的文化状态来讲，红学似乎给了我们一种"文化回归"的呼唤！这个时候我们可能才恍然大悟，"反思"不是红学的根本目标。我们不能说红学是唯一的精神救赎，但是它至少让我们民族发现了一些内心的愿望，找到了一个可以参照的坐标系。当每一个人都审视内心并对中华文化有所领悟的时候，我觉得文化建设的时代就来临了。这也标志着一个民族从根本上开始强盛。

或许，这就是红学所承担的历史使命吧。

参考文献

于丹. 于丹《论语》感悟. 北京：中华书局，2008：148-149.

红学研究的"潜规则"

"潜规则"这个词,是吴思先生最早创造出来的。他的书《潜规则:中国历史中的真实游戏》,一夜之间畅销于大江南北。所谓"潜规则",就是隐藏在正式规则之下却在实际中起支配作用的规则。自从吴思先生这样定义之后,"潜规则"这个词就被人们赋予了太多的贬义。

其实我认为,"潜规则"这个词,不仅可以用于历史学研究,还可以用于学术史研究。当然用于学术史研究的"潜规则",就不是贬义词,而是中性词了。

红学研究的历史有多长,学术界的看法还不一致。如果从1754年脂砚斋重评《石头记》算起,到现在已经 260 多年了。研究一本小说而使之成为一门世界性的学问,其中的根源错综复杂,千头万绪。从我对红学的了解来看,红学的形成可以简单地概括为"两性""四待""一参与"。[①]

在风云变幻的红学界,"战火硝烟"未曾间断,而这一切也早已成为文人们茶余饭后的高雅谈资。我并非真正的"红楼梦中人",在冷眼旁观了这些年后,我发现了一些有意思的研究现象,姑且把它们称为红学研究的"潜规则"。

对于《红楼梦》研究的现状,如果我们选一个词来概括,多数人会用"见仁见智"。所以鲁迅先生在《中国小说史略》里面

---

① 所谓"两性",是指具有深刻的"时代性"和超强的"现代性"。"时代性"是指《红楼梦》被深深地烙下了那个时代的印记。"现代性"是指《红楼梦》对现代社会的一种切入能力。所谓"四待",是指《红楼梦》永远处于一种"待释""待辨""待考""待续"的状态。所谓"一参与",是指每一个人在领悟了生命为什么存在的时候,都可以通过《红楼梦》去解读自己的人生意义。

的那段精辟的描述，也被红学研究者引用成"俗套"。

也许正是因为"见仁见智"，便产生了红学研究的第一个"潜规则"：当一个研究者抛出一个新的红学观点时，他总会把这个新观点强加在曹雪芹的头上——明明是自己的"一厢情愿""一心所得"，却偏偏要证明这是曹雪芹的有意安排，是曹公艺术化的"独具匠心"。两百多年来，曹雪芹也怪可怜的，遭受了这么多"不白之冤"；更要命的是，这份"冤屈"并没有偃旗息鼓之势，反而随着红学研究队伍的壮大而如同雨后春笋，生机益然。

红学研究的第二个"潜规则"，就是必须神化曹雪芹。也许这是出于对曹雪芹的尊重。当研究者把《红楼梦》作为透视中国文化的窗口时，他看到的景致其实已经不在《红楼梦》中了。他可能会看见庄子的一双翅膀在遨游苍穹，看见孔子的一颗爱心在构建和谐，看见老子的一双慧目在辩证万物，看见韩非子的一对冷眼在直面人生……而就在这个时候，人们会满怀欣喜，欢呼雀跃，奔走相告：曹雪芹不仅是儒学大家，同时还是道家精英，更兼法家天才。久而久之，曹雪芹就从"人"晋升成了"神"。同样要命的是，把曹公摆上"神坛"也就罢了，还不让他下来，逼着人家"装神弄鬼"。

红学研究的第三个"潜规则"是：《红楼梦》中的人，在必要的时候，经过研究者的述说都可以成为曹雪芹的"化身"或"影子"。关于曹雪芹的史料原本就少，但在现有的资料中，研究者看不到一个清晰的"曹雪芹"，于是就"鬼鬼祟祟"钻进"大观园"，逮住一个就说是曹雪芹"变"的。不过还好，潇湘馆的那只鹦鹉，还没有被谁说过有曹雪芹的影子。想想，这也太残酷了！把一个好端端的七尺男儿、一个"闻其奇谈娓娓然"的豪爽爷们儿，硬生生地装扮成一个"百变妖后"。

红学的导向

红学界有种声音此起彼伏，响亮而浑厚——"回归文本"。曹学考证的细微，索隐探寻的离奇，让人瞠目结舌，于是，学术界"呼朋唤友"，齐声高呼"回归文本"。要回归文本，"还红楼以学"，无可厚非，但是回归文本的前提，也可能导致全方位"痛骂"曹学和索隐派。学者们是不是该静下来细细思量产生曹学的根源和产生索隐派的文化内涵呢？最初我在从事"曹雪芹祖籍研究"的时候，也很迷惑：如此乏味、琐碎的细腻考证，为什么还能让那么多的前辈学者乐此不疲、流连忘返呢？后来我读了陈维昭先生的《红学通史》才疑云顿释，因为陈先生找到了令祖籍研究长盛不衰的文化基因——史官文化。这样的研究才是拯救红学的手段，才是为后辈学子树立坐标的最佳方式，而不是漫无目的地"破口大骂"，也不是"王婆卖瓜"式的标榜和炫耀。

"回归文本"，早在考证独霸天下的时候就孕育而生了。这股新生的力量，在众人的齐心协力下，汇成了一股有力的洪流，大有一泻千里、直奔东去的架势。如果把"众人的齐心协力"比作"推墙"，那么，其实众人只知道"推"而忽略了"墙"往何处"倒"的关键问题。

"回归文本"中的"文本"是什么意思？从现有的状态来看，就是一头扎进《红楼梦》的故事世界，"偷窥"贾宝玉和秦钟如何"算账"；分析林如海的财产到底是被林黛玉继承了，还是被贾府拿来盖大观园了；闲话王夫人和儿媳妇李纨之间暗藏的矛盾纠结。这种状态，在解决了一个问题的同时又陷入另一个问题。"还红楼以学"，从现有的研究状态分析，算是做到了：无论是在

《红楼梦》中寻找"花边新闻",还是在故事中梳理纠纷,那个分析问题的功力,侦破"红楼案件"的能力,真叫一个绝!

我认为,"回归文本"最恰当的表达应该是"**回文归本**":**回到中华文化之中,归到发源之本**。"回归文本"这一不当的表达方式,导致了学人们的认知错误。"回文归本"的称谓,似乎可以弥补这个缺陷。

怎样才能回到中华文化之中,归到发源之本呢?这个也会因为学者治理学术的方式不同而各显其异,但是有一点是相同的——始终回到我们的传统文化之中去解释《红楼梦》中的所有现象并阐发导致这种现象的文化本源。这才是"回文归本"的真正意义,也是"回文归本"的唯一方向。

"大历史"与"大红学"

《中国大历史》是黄仁宇先生的著作。之前，我并没有拜读过这本书。后来，我的一位长辈学者专门打电话问我能否在图书馆帮他借一本《中国大历史》。这个时候，这本书才引起我的好奇心。

黄仁宇先生在2000年就已仙逝，但这部融汇他毕生心血的著作，会永远挺立在中国历史学界。

"大历史"（macro-history）这个词，是黄仁宇先生自创的；在我的阅历中，也确实没有见过谁造出这个词。对这个词中"大"的含义，我的理解有两点。

第一，黄仁宇先生将自己"宏观及放宽视野"这一学术观念导引入中国历史的研究。其实这种"放宽视野"的理念本身并不新鲜，但是能不能做得到，就要考验学者本身的学识和修为了。黄仁宇先生的阅历，可能造就了这样的视野。黄仁宇先生1936年在南开大学读机电工程，后来从军，进入国民党成都中央军校；1950年退伍，辗转美国，攻读历史；1964年获得博士学位，并一直从事关于中国历史的教学和研究。这样一种生活状态，必定能让黄仁宇先生的视野得以提升至世界历史的范畴。

第二，中国的历史典籍浩如烟海，黄仁宇先生倡导"大历史"，其实就是主张利用"归纳法"将现有史料高度压缩，先构成一个简明而又前后连贯的纲领，然后再与欧美历史进行比较研究，从而扩宽史学视野。

这两点便构成了"大历史"的史学高度。而这种学术理念正是当今红学研究所需要的，也是而今红学界十分缺乏的。

黄仁宇先生提倡"大历史",那么我们可不可以也造一个"大红学"呢?《红楼梦》研究,以书名学,跃居显学之列,很多学者都曾笑话红学界,说红学就是研究"曹雪芹亲戚的亲戚,朋友的朋友","一部《红楼梦》养活了数以万计的无用文人"。这种尴尬的境地对于我们红学研究者来说,确实值得反思。

受黄仁宇先生的启发,我认为,红学就应该有"大""小"之分。"大"与"小"不是高低贵贱之别,不是档次的划分,更不是专业与非专业的区别,而是红学研究的不同导向。

"小红学"是对个人而言的。每一个普普通通的中国人,都可以通过《红楼梦》去完成一个自我心有所得的呈现,直面社会、人生、人性,然后用普通民众的话语进行自我内心的沟通,最后在纷繁复杂的红尘之中找到存在的理由,找到心灵的文化依托。人人都可以用自己的生命感悟去诠释一部经典。换句话说,让历史活在当下、用生命个体去激活经典的这种可能性,便是《红楼梦》称为"学"的根源。

但是这很可能导致一个错觉。当我们解读《红楼梦》的时候,你得到的是"你自己的《红楼梦》";但是就在这种情况之下,你自己往往会误认为这是"曹雪芹的《红楼梦》",还不断地奔走相告,欢呼雀跃。我们千万不要刺伤别人,说研究"小红学"的人无知,因为对于他来说,这是坦诚的发自肺腑的自我认识和解读。然而,这种所谓的解读和破译,虽然对于自己是一种莫大的安慰,但是置于现实中,其意义就会被淡化。

"大红学",是对整个中华文化而言的,是对中国人传承文化的义务和责任而言的。红学的伟大,归根结底是因为中华文化的伟大;曹雪芹的伟大,是因为他自始至终秉承了华夏文化的基因,并让它闪烁在书中;《红楼梦》的伟大,是因为它站在了一个理念相通、纵横交错、四通八达的黄金点上而异常光辉;红学家的伟大,是因为他们根据自己承袭的文化思维,从不同的路口出发,找到了无数条通向中华文化核心的道路,殊途同归,万径同源。

"大红学"要求将现有的红学资料高度压缩,勾勒出红学轮廓,然后将其安放在文化发展的历史长河之中,自己再攀爬到文化发展的高峰,细看它们之间的丝丝相连。

所以"大红学"就是在洋洋洒洒的《红楼梦》里，在浩瀚的典籍中，在纷繁复杂的文化现象外，在一个绝对的哲学、史学、文学高度，看中国文化的演变，寻找文化变迁的内在律动。

就像我们研究曹雪芹，不是无聊地研究他有多少根头发，而是要让民众明白：他的创作是中国"史官文化"导致的必然结果。就像对秦可卿原型的解析，我们也不要一味地讽刺，因为它展示了中国人审美的现实心理——揭视隐幽。

"大红学"的功德，不在《红楼梦》儿女情长、闺阁琐事、亭台楼阁的解读里，也不在稀奇古怪、见仁见智的文字阐释中，更不在硝烟四起、唾沫横飞的红学界辩论现场，而是在中华五千年文化的根茎之中，在传承中华文化的一浪与一浪的连接点上。

红学研究中的"门户"观

学术中有门户，早已不是什么新鲜话题。不仅不新鲜，而且在华夏两千余年的学术流变中，"门户"之别似乎成了一种固定的格局，所以才有蔚为大观的经学、子学、玄学、理学、朴学……但有趣的是，如此多的门户都追求着同一种学术境界——贯通和整合。钱穆先生就一直认为，中国学术传统的精神是以"贯通"和"整合"为理想境界的。学术有门户，但又追求着理念相通：这不是构成了一对矛盾吗？所以章学诚先生针对这样的问题提出了一种治理学术的方法——"学者不可无宗主，而必不可有门户"。

就我熟悉的红学领域而论，观念之别，门户之辨，由来已久，举不胜举。周汝昌先生曾经为《红楼梦》的文本结构取了一个好听的名字——建章宫千门万户法①。《红楼梦》的文本构思奇妙诡谲，穿针引线，伏脉千里，配这样的名字，名副其实。如果用"建章宫千门万户法"来形容当下的红学流派与门户，也恰到好处。

红学研究需不需要"门户"？其实这个问题本身就值得商榷。任何一宗学问，当我们想要进入的时候，必定要找一个入口，就在此时，我们已在不经意间选择了"门户"。所以寻找"门户"

---

① 这是周汝昌先生给《红楼梦》故事结构取的一个名字，以形容其如宫殿中的门户一样，层层递进，四通八达，路径相通。"建章宫千门万户"出自宋代田锡的诗作《御沟》："春半栎花水初下，一沟润渌元如研。夹道宫城数里中，静称潆洄明月夜。千门万户建章宫，金锁横门沟暗通。三月花飞若零雨，水声何处咽香红。"历史上的建章宫是汉武帝刘彻于太初元年（即公元前104年）建造的宫苑。据《三辅黄图》记载："周二十余里，千门万户，在未央宫西、长安城外。"

对于初学者来说是一个必经的过程，无法回避。

钱穆先生曾说："道欲通方，而业需专一。"专一其实就是从"门户"开始的。中国文化浩瀚无边，就算是一宗红学也是博大精深。对于如此庞大的内容以及纷繁复杂的关联，我们不能轻率地"一言以蔽之"，所以分门别类对于初学者必不可少。

然而"门户"最终通向何处，才是我们最关心的问题。《四库全书》分经、史、子、集，四部之内又有千门万户，但是所有的门户又呈现出一种特性：相互关联，四通八达。所以在中国传统学术界，学者们理想的学术高度就是"通儒"。"通儒"的地位远在"专家"之上。为什么呢？因为"通儒"要遍及经、史、子、集而各有深入。

对于红学研究者来说，是当"红学专家"还是当"红学大家"，也是需要细细思量的问题。所谓"红学专家"就是专攻红学的研究者。他们对《红楼梦》的思想、结构、语言等无一不精，然而问题一旦超出《红楼梦》的范畴，他们便无从知晓了。"红学大家"除了熟悉《红楼梦》以外，还把眼光与境界放在了一个"大"字上。何谓"大"？其实就是一个"通"字。同是研究《红楼梦》，"红学专家"看到的可能是爱情的悲剧，然而"红学大家"看到的可能就是文化体制下的婚姻观；同是研究红学史，"红学专家"看到的可能是索隐派的稀奇古怪，然而"红学大家"看到的可能就是学术流变的内在律动。但是要成为"红学大家"又必须从"红学专家"做起。

问题还需要回到"红学门户"到底通向何处上来！我曾经撰文概述过红学的意义：它是透视、欣赏、研究、传承中华文化的窗口。同样的理念，红学的门户最终通向的是对中华文化的贯通和整合：以《红楼梦》为立足点，以红学为入口，通向经、史、子、集。如果将《红楼梦》比喻成一棵树，我们除了研究这棵树以外，还需要爬上树梢眺望森林。

红学研究有门户，是治理学术的起始点。然而无论是哪一门哪一户，都必然要体现同一种精神和学术旨归——融会贯通于中华文化。就如同《红楼梦》本身的特性一样——微尘之中见大千，从一个小小的贾府看到天下世间，观览人生百态。

"门户"与"通方"在学术上永远是相交为用的：只有入"门户"才

能达"通方";只有到"通方"才能更好地认识"门户"。陈维昭先生的《红学通史》,用一百万字抒写中国"红学"历史的全程演变,是"通方"的大手笔;王朝闻先生的《论凤姐》,用约三十万字分析王熙凤这个艺术形象的精明干练、言行举止,是"门户"的极致。若我们细细拜读这两部著作,就会明确一段从微观到宏观的阶梯式路程以及其中纵横交错的往来。

　　红学研究可以有门户之别,也可以有高下之异,然而每一个研究红学的人都应该把握一个"门户"观:以《红楼梦》为纽带,贯通、整合中华文化。无论从红学中的"考证门"还是"批评门"入手,都必须上通于文化整体,旁通于其他门户。唯有如此才能既"通方"又有"门户"地免于见树而不见林之病,也唯有如此才能彰显红学的意义与价值。

从刘心武的"秦学"反思红学研究

刘心武先生的"秦学"通过央视"百家讲坛"的传播,早已妇孺皆知。附和与批评之声此起彼伏,学术界也因此而起千层浪。在这节骨眼儿上,想站出来仗剑直言的"侠客"就太多了;但谁也无意来搅这浑水,因为说不好可能就要遭"群殴"。所以我有言在先,下面是我的一家之言,没有批评,不含沙射影,只是茶余饭后的谈资与消遣。

刘心武先生讲《红楼梦》一直都在强调一个词——"心得"。这是一种讲座策略,同时也是事实。说它是"策略",是因为刘心武先生知道"红学界"的名门正派都不是好惹的。这是刘先生的聪明之处——我惹不起,我还躲不起了?说它是"事实",它的确是刘心武先生的一心所得。面对一部《红楼梦》的亿万读者,会有千心所得、万心所悟,难道就容不下一心所感吗?所谓"心得"就是每一个人都有权利通过《红楼梦》去呈现自己的所思所想。

刘心武先生探秘《红楼梦》,赢得了很多"粉丝"。这也无可厚非——萝卜白菜各有所爱。话又说回来,"粉丝"喜欢刘先生,不是因为刘心武在考证《红楼梦》,而是因为刘先生在领着秦可卿、宝钗、黛玉搞"侦探"。粉丝们伸长了脖子不过就是看个热闹,有几个人当真了?在物欲横流、拼命为生计奔波的现实社会中,人人都压抑、郁闷,轻松一回,开怀大笑一次,是一种奢侈!刘心武先生的奇思妙想,百转千回,匪夷所思,不正是在和我们分享这份"奢侈"吗?人家递给你一把剑让你健身,你却拿去砍人:这怪谁?

从刘心武揭秘《红楼梦》的"招式"来看，他运用的都是红学界常见的"拳法"，并没有什么稀奇！不过就是文本推演法、考据求证法、语言通义法、拆字重组法，外加小说家所特有的"胡说八道"法。请注意，这里的"胡说八道"并不是贬义。用这个词，我可是有出处的。在《红楼梦》第四十七、四十八回中有香菱学诗的情节。香菱曾经得到了诗词行家薛宝钗的点拨。薛宝钗说："诗从胡说来。"好大的胆子！她的意思是诗词的创作本身就是从"胡说八道"而来的。但是好好琢磨一回，"诗从胡说来"又说得那么贴切，那么一针见血。小说的创作也是如此。没有"胡说八道"的勇敢和思维，你当不了小说家。金庸是武侠小说家吧！这一点没有人能置疑。但是你细细想想，他哪一部武侠小说不是"胡说八道"而来的？只是这种"胡说八道"让读者爱得"死去活来"。真是邪门儿了！人就是难懂……

我们把刘心武先生的"心得"当故事来听，一笑了之，为何不可？

最后，言归正传！百家争鸣，需要这样的人。"和而不同"也是中国文化所特有的品格与风度。民族文化的复兴不是一年两年的事情，而需要几十年甚至上百年的漫长岁月。历史在动荡中前进，文化也应该在争鸣中发展。当年的儒家、道家、法家、墨家各自领着门人打的"口水仗"还少？儒家以一挑三，和道家争论是"有为"还是"无为"，和法家辩驳是"德治"还是"法治"，和墨家纠缠是"仁爱"还是"兼爱"，那个时候恐怕也是"战火硝烟"，大家争得个脸红脖子粗的，但是如今说起来，却成了学术佳话。

每当《红楼梦》研究闹得沸沸扬扬之时，很多人都"鄙视"红学，"谩骂"红学家吃饱了头晕。出现这样的状态，是因为人们过分关注一门学问的时候，这门学问就会在"放大镜"下变得畸形。红学与先秦子学、两汉经学、魏晋玄学等学问并没有本质的差别，它们都有各自的研究方式和意义。如果过分强调和关注一宗学问，若不是爱的偏向，反而会让学术变得难堪。因为任何一门学术，就学术本身的研究方式而言是不会走向大众的——那是学者的事情，但是学术的意义和终极关怀却是面向民众的。例如曹雪芹的生卒年，对于百姓来说记住一个数字就可以了。一个数字就是百姓所能理解的全部意义，但是就这个数字，红学界却有无数的学者、专家青丝白发、史海钩沉地考证了几十年。你可能会不屑一顾地问，就这么一丁点的东西有多大的意义？那么我反问你，我们的认知网络不正是由这样一个个点滴般的知识聚合而来的吗！如果没有这些专家点滴式的研究，又何谈理念相通的中国文化！但是如果我们民众透过一个小知识点去无限放大学者考证这个"小点"的过程，你就会觉得这一切毫无意义。所以对于学术与学术成果，我们需要持有不同的态度。当我们享受学术成果的时候，无论这个"果实"是多么的渺小，我们都不要鄙视奉献"果实"的人，更不能鄙视奉献"果实"的过程。

一桌子丰盛的菜肴，是由一盘盘菜品组合而来的。一盘可口的菜品是由一块块肉、一丝丝菜组合而来的。一块肉的滋味又是由一颗颗盐、一粒粒味精等佐料提起来的。如果把眼光集中在一颗盐上，过分关注厨师放盐的过程，你就会发现这个过程毫无意义。但是这桌菜能少了盐吗？而盐不正是一颗颗小粒吗？

所以，我认为无论是学者还是作家，无论在各自的领域如何研究，也不管对与错，最后都会演化成一个个的坐标系，让后人不会迷失在探索的路上。也许再过百年，"刘心武现象"又会成为一段百家争鸣的学术佳话。

随笔

曹雪芹与中国文人

"曹雪芹"这三个字,在我的意识中,不是一个简单的生命符号,而是一种精神色彩和生活色彩组合而成的立体感知。它像具备了温度,这种温度是一种朴素的格调,可以让任何一个中国人去亲近!

记得学生曾经问我说:"除了曹雪芹你还有喜欢的文人吗?"

当然有,而且不止一个。华夏文明悠悠五千年,在浩瀚的历史时空中,有无数的古圣先贤值得我们去追忆。

我喜欢陶渊明,因为在他身上,有中国文人的那份淡定和飘逸:辞去功名,采菊东篱下,悠然见南山!"归去来兮,田园将芜胡不归"是一份洒脱,更是对人生的一种反省。

陶渊明时常怀抱着一张"素琴"。这张素琴就是一段没有琴弦的木头。他家徒四壁,却常常呼朋唤友,对酒吟唱。那份"我醉欲眠卿且去"的洒脱,似乎不近人情,但"大音自成曲,但奏无弦琴"的这份境界却真实地发自内心。心灵深处自有一段天籁之音,那还有什么比"大音"更好听的乐曲呢?

曹雪芹身上也具有这份洒脱和飘逸。他"风雅游戏,触境生春,闻其奇谈娓娓然,令人终日不倦"的性格早已在朋友中口口相传。虽然到了"举家食粥酒常赊"的境地,但是他仍然快乐于心。他曾经和朋友们调侃:"有人欲快睹我书不难,惟日以南酒烧鹅享我,我即为之作书云。"曹雪芹要"南酒"和"烧鹅"不是为了填饱肚子,而是求得一份与知己豪饮大嚼的畅快。

我喜欢李白,因为在他身上,有中国文人的那份超迈与恣纵。千古文人侠客梦,手执书卷,腰佩宝剑,仗剑天涯。在政治理想和仕途经济都不得志的李白身上，我们似乎领略到了这份豪情：衣袂飘飘，琴心剑胆。难怪余光中先生说："酒入豪肠，七分酿成了月光，余下的三分啸成剑气绣口一吐，就是半个盛唐。"

李白其实是一个最容易安顿自己而处处为家的人。"兰陵美酒郁金香，玉碗盛来琥珀光。但使主人能醉客，不知何处是他乡"，所以在他心里并没有一个太清晰的故乡去追思，去怀念。李白的超迈和恣纵使他从来不会去纠缠"日暮乡关何处是，烟波江上使人愁"。当他略有孤独的时候，便是"花间一壶酒，独酌无相亲，举杯邀明月，对影成三人"，至此一刻"我歌月徘徊，我舞影凌乱"，这样的一种心境是与天地万物齐欢畅！李白的一生，明朗而率真。他的性情就是他一生最大的骄傲。

比起李白来，曹雪芹少了"走遍天下不要钱"的隆恩，"仗剑天涯"似乎不大现实，所以曹雪芹的这份超迈和恣纵更多的是化成血泪荡漾在了《红楼梦》的字里行间。史湘云醉卧芍药花丛中的画面，不正是对"恣纵"的诠释吗！她吟唱的"也宜墙角也宜盆"的洒脱，不正是那份随遇而安吗！贾宝玉"赤条条来去无牵挂"的参悟，不正是曹雪芹寻求的那份"超迈"吗！

我也喜欢苏轼，但是这种喜欢，与对李白、陶渊明的情感还不大一样。喜欢苏轼，更多的是出于一种"怜惜"，是对中国文人的苦难际遇的怜惜。苏轼的一生承载着太多的苦难，似乎成了中国文人的标本与写照：十年寒窗，金榜题名，少年得志，后来卷入新旧党争、乌台诗案，在风云变幻的政治漩涡中心不能自拔，颠沛流离，最后撒手人寰。

苏轼的词，给我们最深的印象是"豪放"——"大江东去，浪淘尽、千古风流人物"。这种豪放，经过岁月的磨炼，历经人世沧桑、世态炎凉，最后归结为内心的苍凉。看看他为亡妻而作的《江城子》：

> 十年生死两茫茫，不思量，自难忘。千里孤坟，无处话凄凉。纵使相逢应不识，尘满面，鬓如霜。
> 夜来幽梦忽还乡，小轩窗，正梳妆。相顾无言，惟有泪千行。料得年年肠断处，明月夜，短松冈。

每当我读到这首词的时候，就有一种苍凉、恐怖的感觉！为什么这么说呢？因为这首词从作者的追思出发，最后定格在了一幅画面上：一轮冷清的明月，照在长满松柏的山冈上；一座孤坟，墓主人怀着无限的孤寂默默地躺在那里；一把黄土，掩尽一生的风流！一个人无论伟大还是渺小，功过是非最后不过是化为铅字定格在书本上，或刻在石头上成为自己的墓志铭。正如《红楼梦》中林黛玉的《葬花吟》一样——"未若锦囊收艳骨，一抔净土掩风流"。

在苏轼的生活阴影中，我似乎看到了曾经的曹家，窥视到了风雨飘摇中的曹雪芹。曾经的书香豪门，一夜之间"昏惨惨似灯将尽"；退居西山，想求得个温饱，却祸不单行、妻离子散。

我喜欢曹雪芹，不只是因为他留给我们一部旷世奇书《红楼梦》，更多的是因为他身上聚集了中国文人的诸多特点与遭遇。

命运也好，性格也罢，这些都是注定了的事实。其实在陶渊明、李白、苏轼和曹雪芹身上，有一个共同点：无论是贫穷还是死亡，都不能剥夺他们内心的骄傲。与此同时，曹雪芹还有一个与众不同的地方，就是他最终给出了一个让我们去亲近生活、亲近心灵的方式。正如林黛玉流着眼泪对贾宝玉说："我为的是我的心。"是啊！日月山河，大千世界，芸芸众生不都在我们的心中吗！怎么去对待自己的内心便成了人生永恒的哲学命题。

我们借着曹雪芹的《红楼梦》游走在"离恨天外"，乘物游心，因为它划破了一个时代的虚幻之美，同时又给世人一个做"梦"的机会。而在喧嚣的滚滚红尘之中，人们只有在"梦"中才能亲近最真实的自我。

曹雪芹在书中教会了我们如何善待内心。正如《菜根谭》中的境界："风来疏竹，风过而竹不留声；雁度寒潭，雁去而潭不留影；故君子事来而心始现，事去而心随空。"善待心灵最直接的办法，就是在有所担当的同时还要有一份"赤条条来去无牵挂"的淡然和笃定。

贾宝玉心中的"书"

贾宝玉的言语时常疯疯癫癫，让人很难琢磨。例如在《红楼梦》第十九回"情切切良宵花解语，意绵绵静日玉生香"中，袭人因贾宝玉时常说些混账话，所以对他进行了一番劝诫。贾宝玉平日里究竟都说了些什么，要让袭人如此费尽心机规劝？

从两人的对话中，我们明白了：贾宝玉常说，读书人都是禄蠹，世间除了"明明德"外无书，都是前人自己不能解圣人之书，另出己意，混编纂出来的。

我们首先要解释两个词——"禄蠹"和"明明德"。所谓禄蠹，就是指为升官发财而读儒家经典的人。"明明德"是儒家经典《大学》中的第一句话，也是儒家"三纲领"中的第一纲领。

这时，我们就会发现：在贾宝玉的言语中，似乎充斥着一对矛盾。既然攻读儒家经典的人是禄蠹，那么为什么又推崇儒家经典中的"明明德"呢？这不是自相矛盾吗？其实这是我们自己的思维发生了矛盾，或者说，是我们认知的切入点有偏差。

禄蠹是为了升官发财而读儒家经典的人。这种人的目的是升官发财，是要将儒家经典作为追求名利的阶梯。所以禄蠹包含的鄙视之意针对的是追求名利之人，而不是为了研究儒学而熟读经典的文人。

为什么说"除明明德外无书"？这并非排斥百家而独尊儒术，而是作者对儒家入世态度的一种肯定。这里的入世态度是指人在人世间对人、对己的方式和方法。

"明明德"中第一个"明"是动词，第二个"明"是名词。德有两层含义：第一层是指一个人的德行，也就是我们的道德品质;第二层是指一个人的学识修为。"明明德",就是要让一个人不断地提升自我修养,通过自觉的内在历练从而在道德与学识方面完成双重建设。这是儒家在入世态度中对己的方式。那么怎么对人呢?这就是"明明德"之后的"亲民"和"止于至善"。也就是说,我们自己用人格魅力去亲近民众、教化民众,让他们和自己一起提升自我的德,然后达到"至善"。

其实"明明德、亲民、止于至善"就是儒家入世的态度。这种态度和道家、佛家的态度基本一样,不一样的就是其各自所拥有的价值核心。无论是儒家的入世,还是道家的出世,或者佛家的救世,首先都要"明明德",要通过"亲民",最后才能"止于至善"。这一条线路是正确的;换言之,各家是从不同的价值核心出发,却经过一条相同的道路而已,所不同的不外乎各家对"至善"的理解不一样。儒家的"至善"是实现自我,从而达到治国平天下的目的;道家的"至善"是顺应自我,从而达到回归自然、"无为"天下的目的;佛家的"至善"是超越自我,从而达到救苦救难、普度苍生的目的。

所以贾宝玉骂禄蠹又称"除'明明德'外无书",并不矛盾。前者是唾弃为名利而读书的人,后者是赞同、肯定其处世的态度。

贾宝玉还说,当时的书,都是前人自己不能解圣人之书,另出己意,混编纂出来的。为什么会有这样的"混话"?

其实,这是对传统治学态度的一种鄙视。中国传统文人,做学问通常都谦称"述而不作"。什么意思呢?就是说,自己不是在研究学问,不过是在阐发圣人的言论和思想,也就是我们通常所说的"代圣人立言"。既然是"述而不作",那么你怎么能保证你所述的思想就一定是圣人的呢?既然不能保证,那么就是"另出己意",就是"混编纂"。正是因为"另出己意""混编纂",才有了"存天理,灭人欲"的僵化教条。

看来贾宝玉的"疯话"也是有文化基因的。

我浅显地分析了"禄蠹"与"除'明明德'外无书"之间的关系以及它们各自的内涵。贾如泽先生曾在审阅拙文之后,提出了一个很好的建议:

> 贾宝玉所骂"禄蠹"与"除明明德外无书"并不矛盾。另外,在这篇文章里,先生应该对"书"这个概念的不同内涵,作必要的

解释。

针对贾如泽先生的高见，我想确实应该解释一下贾宝玉心中的"书"。"除'明明德'外无书"里的"书"肯定不是指儒家经典——《大学》。其中原因，我已经简要地分析过了。对于"书"，贾宝玉曾经在《红楼梦》第三回说过这样一句话：

除"四书"外，杜撰的太多了，偏只我是杜撰不成？

贾宝玉所提及的"四书"，是儒家的四部经典——《论语》《大学》《中庸》《孟子》。为什么他认为只有这四部书不是杜撰的呢？首先我们简单地认识一下"四书"。

"四书"是一个完整的儒家思想体系。我们从四本书的作者之间的关系就可以看出这套"体系"的承袭情况。《论语》虽然不是孔子直接所著，但是它代表的却是孔子的思想与言论；《大学》的作者是曾参，是孔子的弟子；《中庸》的作者是子思，是曾参的弟子，同时又是孔子的孙子；《孟子》的作者是孟子，又是子思的学生。可以说"四书"的师承关系一脉相承，核心思想一气贯通。

《论语》要教会我们的是"为人之道"，《大学》要教会我们的是"如何达到至善之境"，《中庸》要教会我们的是"最高的'德'"，《孟子》要教会我们的是"如何做到完美的'仁'政"。

贾宝玉肯定"四书"，肯定的是洋溢在"四书"之中的精神与人生态度、人生智慧。读孔子得"仁"，读孟子得"义"。贾宝玉虽然憎恨"禄蠹"，但是"仁"与"义"始终是他追求的人生境界。什么是"仁"？"仁者爱人。""仁"往简单了说，就是"爱"。什么是"义"？是忧国忧民、心系苍生的极致境界。在《红楼梦》中，贾宝玉是"大情"与"大爱"的化身，所以他肯定"四书"是肯定这样的人间"真情"。他鄙视"禄蠹"，归根结底是鄙视"沽名钓誉"之人。他肯定"四书"就是肯定人间正道。

这个时候，你可能要问：他的天性既然和儒家的精神相匹配，那为什么他又厌恶读书呢？其实这需要放到特定社会环境中来思考。儒生们要达到"齐家治国平天下"的目的，就要学习和钻研"四书"以及"五经"。但是，在国家组织考"四书"的时候，又规定必须要以朱熹的《四书集注》为参考书籍。于是问题随之而来了：这种"集注"，代表的到底是谁的思想？是孔子还是"集注"作者本身？恐怕后者占的比重要大得多了。例如刚刚我们提到的"仁"。孔子的原话就是"爱人"，但是朱熹怎么解释"仁"的呢？他说："仁者，爱之理，心之德也。"这完全将"仁"抽象化了，将"仁"提升到形而上学的层面来讲了。这就是借"仁"来阐发自己的思想了。宋明理学就是这样发展而来的。所以贾宝玉才有了"除四书外，杜撰的太多了"的话。"杜撰的太多"的言外之意，就是偏离了应有的"核心本质"：为政治计，为统治谋，牵强附会得太多太多。这也是中国古代对经典"述而不作"的弊病。

既然都是"杜撰"的书，那就是假书、伪书！还有什么值得去学习的？贾宝玉的不屑，是对"伪书"的厌恶，并不是对儒家核心思想的唾弃。

那么贾宝玉自己心中的"书"是什么样的呢？他心中的"书"就是——《古今人物通考》。读过《红楼梦》的人都知道，世间并没有这样一本书。这是贾宝玉杜撰的，其中的内容我们也不甚了解，但是仅从这个"书名"就能窥见贾宝玉的良苦用心以及他所期待的文化状态。

"古今人物通考"，从字面上说，包含了三个方面的信息：第一"古今"，就是古往今来，在历史之中；第二"通考"，就是指全方位的认识；第三"人物"，是核心，是指天下所有的人，不论尊卑、富贵而人人都在其中。

《古今人物通考》的核心就是关注"人的存在"。这也是贾宝玉在书中对"人"的尊重。贾宝玉尊重的人，主要是平民百姓，是在历史的长河之中被历史遗忘了的"普通人"。在中国文化中把"天""地""人"并称"三才"。"天有其时，地有其才，人有其治"。所谓"天有其时"就是"日月亘古，四季轮替，永恒不变"。人们根据这个时间，日出而作，日落而息。所谓"地有其才"就是世间万物生长所需的养分，皆是大地供给，大地为万物之母。所谓"人有其治"就是人处在天与地的中间，因时而作，因地而治。只有人，上可通茫茫宇宙，下可接浩浩尘世，所以最宝贵。而在《红楼梦》时代，历史书中表记的往往是帝王将相，而随着岁月的流逝，普通民众就被历史的尘埃埋没了。但在《古今人物通考》中，贾宝玉要彰显和突出的就是这样的普通之"人"。

所以贾宝玉心中的"书",就是囊括了"天下之人"的一本大书,是情系苍生而以人为本的"大情""大爱"之书。他所期待的文化状态就是对普通人、对生命个体的敬重和关注。

贾宝玉的现实意义

如果问:《红楼梦》中你最喜欢谁?大部分读者都会在金陵十二钗当中挑选。真是巾帼不让须眉,这些女孩子们个个了得!不是在琴棋书画方面有高深的造诣,就是能够博古通今;不是治家的奇才,就是改革的先驱。喜爱甚至敬仰这些女孩子都不足为奇。但我一直纳闷:贾宝玉是《红楼梦》中的一号主角,为什么声称喜欢他的人就那么少呢?看来懂得宝哥哥的人怕是不多矣!

萝卜白菜,各有所爱。这无可厚非。世人不喜欢贾宝玉的原因也多种多样。总结起来,可能有这样几点:第一,身为男孩子,却一副女儿之态,没有半点的"刚性";第二,游手好闲,不思进取,作为家族的嫡系子孙,却对于家族的发展没有半点担当;第三,衣来伸手,饭来张口,几乎百无一用。

这样一个"百无一用"之人,为什么曹雪芹还要如此渲染、刻画,从而使他成为永恒的"雕塑"呢?其中原因,恐怕并非三言两语能够讲得明白。

贾宝玉的容貌在我心里并没有太多的"女性色彩"。这一点和大多数读者有出入。在《红楼梦》第三回,贾宝玉出场,曹雪芹给了他一个漂亮的亮相——"面若中秋之月,色如春晓之花,鬓若刀裁,眉如墨画,面如桃瓣,目若秋波。"这样的描写方式完全就是中国水墨画式的大写意,是用诗化的语言来刻画人物的外表。而"诗"的最大特点就是灵秀,所以用"诗"来泼染外貌,给人的第一印象就是"脂粉"和"秀气"。这就最容易造成读者的"误读"。

我们再仔细观赏这幅"大写意",其实在"灵秀"之中充溢着一份"豪迈"与"阳刚"。"鬓若刀裁，眉如墨画"，仅仅八个字，就把那一丝"脂粉"气化解成了一股贵族书生的聪灵之气。所以，我们千万不要被曹雪芹的生花妙笔"欺骗"。《红楼梦》中用诗化的语言来刻画人物外貌是非常普遍的。这样的妙处就是能够给读者一个更广阔的自己去描绘的空间。这就是为什么每个读者心中都有一个自己的"林妹妹"。

话又说回来，贾宝玉身上确实存在着诸多缺点，让读者判他"百无一用"似乎也有些道理。但是"无用之用是为大用"的哲学反思，可能是曹雪芹塑造这个人物最大的意义。我们早就说过，《红楼梦》有一份渗透古今的"现代性"。那么就当下而言，贾宝玉的现实意义何在呢？

贾宝玉虽然只是"红楼梦中人"，但是对于每一个喜爱《红楼梦》的人来说，他却有色彩有温度地活在我们之中。在这么一个科技高度发达、物质丰盛得无以复加的时代，人心也随着高速路、地铁、轻轨四处奔驰。西方的强势文化，有让我们偏离传统、失去文化精神的核心的危险。在丢失了本源文化的状态下，人们越来越浮躁了……唤醒"文化回归"是当今"红学"的主题，也是"红学"承担的一份社会责任。那么，具体落实到解读贾宝玉身上，这份责任是什么呢？

"贾宝玉"不仅仅是曹雪芹笔下的一个艺术形象，他的生活方式和生活态度更是现代社会稀缺的。虽然贾宝玉生活懒散，却处处唯"爱"是尊；虽然贾宝玉不思进取，却时时唯"情"是本。当我们处处与人针锋相对而在仕途经济场中拼得你死我活的时候，人与人之间的"爱"所剩几何？当我们过分地透支自然资源来满足自己的欲望的时候，我们心中的"情"又在何处？贾宝玉对人的那份"爱"和对自然的这份"情"，不正是我们需要的一种"方式"和"态度"吗？

当今的我们被"世故"紧紧包裹，而贾宝玉却时时以一种灿烂的天真对待复杂的人际关系，"万花丛中过，片叶不沾身"，这是一种善待心灵、善待他人的方式。这不正是我们稀缺的吗？

贾宝玉的现实意义，不是要我们去学习他的实际所为，而是让我们用自己的眼睛去"发现"：发现心灵，发现世界，发现人间；在无限制地张扬自己的时候，也发现一下别人的"响亮"，让别人的光辉和自己的光芒交相辉映。

在现实社会中,当我们有不如意、有挫折的时候,我们可以像贾宝玉一样"精神自我"——吟唱"巧者劳而智者忧,无能者无所求"。贾宝玉虽然排斥"八股",但是却不拒绝中华优秀文化的沐浴。这个被称为"无事忙"的富贵闲人,却有一身的"古今气象"。我们可不可以学学贾宝玉,也找回自己的文化本源而嬉戏、畅游其间呢?当古往今来的这些"精神气脉"都在你我心中发散的时候,不就达到人人和谐而与天地融合的境界了吗?

林黛玉的嘴与心

我们曾经在林黛玉的这张嘴里，听到了"花谢花飞飞满天，红消香断有谁怜"的婉约吟唱，也曾感受到了"冷月葬花魂"的凄美与绝望，但是我们也从众人的口中听到了她的"尖酸"与"刻薄"。

薛宝钗曾经说："真真这个颦丫头的一张嘴，叫人恨又不是，喜欢又不是。"

李嬷嬷也说："真真这林姐儿，说出一句话来，比刀子还尖。"

小红也说："林姑娘嘴里又爱刻薄人，心里又细……"

林黛玉到底长了一张什么样的"嘴"？

在我们的印象之中，林妹妹的这一张"嘴"，就是尖酸、刻薄而说话不饶人的代名词。"张口似尖刀，话语似利剑"——对于这样的评判我们确实要承认。

林黛玉的神经始终都紧绷着，因为她时时处处都在谛听是哪位女子的脚步声在靠近贾宝玉。一旦发现，她就会在必要的场合将"话语"转换成"暗器"，然后发射出去。最有趣的是，她射击"敌人"的方式很独特，往往要将"暗器"穿过贾宝玉的身体，然后去袭击"敌人"。所以本来是对付"敌人"的战役，往往最后却演化成了和宝玉的"内战"。真不知道，林妹妹用的是哪门子"功夫"和"战术"。正因为这样，她的那张"嘴"，最不让人待见。

说到这里，其实我们只看见了林黛玉的"上嘴唇"。她的"下嘴唇"却不是这样，可以说完全相反——相当地会说话。

在《红楼梦》第三回,林黛玉初进荣国府,见了众位夫人、小姐之后,方要去拜见两位舅舅,因为两位舅舅"公务缠身"而没有接见的时间,林黛玉便到了王夫人的卧室。

娘儿俩唠嗑期间,王夫人嘱咐了她一件事。王夫人说:你来我们家,你那三个姊妹都是极好的。以后一起读书、写字、做针线,开开玩笑,说说笑话,都没有关系,彼此都是很敬重的。但是我最不放心的,就是我那个孽根祸胎(贾宝玉),是家里的"混世魔王",今日到庙里还愿去了,尚未回来。晚间你看见便知道了。你以后不要睬他,你这些姊妹都不敢沾惹他的。他嘴里一时甜言蜜语,一时有天无日,一时又疯疯傻傻,只休信他。

我们时常说,林黛玉不知道人情世故,说话刻薄。其实这是个偏见,或者说,是对林妹妹不全面的认识。林黛玉出身大家,有教养,很会说话。这个时候,她怎么回答王夫人的呢?

仅从王夫人的话语中来判断,贾宝玉完全是"精神分裂"。林妹妹回王夫人说:我在家的时候,就听母亲说过,我有一个表哥,是衔玉而诞的,虽然调皮些,但是对姊妹们却是极好的。这句话从表面上看,并没有精彩之处,更无文采,但是说得却极为圆滑!既没有否定王夫人对贾宝玉的"判定"——一个"混世魔王",又赞扬了这个未曾谋面的表哥。因为她知道,王夫人特地向她嘱咐这个,说明王夫人很在意这个儿子;否则也不会你刚进贾府,当舅母的就郑重其事地说这个。既然如此就不能贬低这个表哥。但是,舅母是长辈,对长辈的言语,在《红楼梦》时代,小辈是不能随便否定的;一旦否定就是大不敬。所以首先就要顺着王夫人的意思,但是又不能贬低表哥,因为自己没有亲眼见过,更没有接触过,品性、修养也不知道,也就不能轻易下判词。而且这个姊妹们都不敢惹的人,必有来历,再加上贾府"最高执行长官"贾母的溺爱,那就更了不得了。于是,林黛玉来了一个"奇招"——夸奖他对姊妹们极好。因为《红楼梦》时代,"亲"在普通民众的生活、交际中是置于最重要的地位的。所谓"天、地、君、亲、师"的伦理秩序中,"亲"被直接排在了"君"的后面,可见"亲"的重要。而这个"亲"的含义,从日常表现上来说,就是孝顺父母和关爱兄弟姊妹。这是一种礼法,更是判断一个人有无"道德"的标准。林黛玉夸奖"混世魔王"对姊妹们好,就是夸奖他重"礼"、重"德",是一位能孝敬父母、友爱兄弟姊妹的谦谦君子。

我们从这个小例子当中,就能真正体会林黛玉的这张"嘴",真是叫人爱也不是恨也不是。

我不太喜欢林黛玉,因为她过分至情至感。但又正是因为她唯情是尊,唯爱是本,才有了亿万拥戴者。可能是我庸俗了,因为我生活在凡尘,而黛玉来自仙界。

黛玉的心路历程,你我都早已明晰,但是叩开林黛玉心灵的那一瞬间又在何时?搜遍了记忆,我也未能想起。不是没有,而是我们已经淡忘了最原始的蓦然心惊。

黛玉原本不大喜欢戏文,就如同我不大留意流行歌曲一样。然而不经意之间的一句歌词却能让人怦然心动。当年黛玉在梨香院的墙角下听见"原来姹紫嫣红开遍,似这般都付与断井颓垣,良辰美景奈何天,赏心乐事谁家院""则为你如花美眷,似水流年",那悠扬的音韵,就在这一瞬间为她捅开了一扇窗。黛玉不觉如痴如醉,心动神摇。她就如同杜丽娘打开了那一扇尘封了多年的大门,阳光也在吱吱呀呀的推门声中光芒万丈。

这个时候的林黛玉悟了,从此便有了为情而活的信念。这种"悟"看似就在一瞬间,然而于人可能要等待很多年。

悟有"顿悟"和"渐悟"之别。这原本是两种开悟的方式。"顿悟"是一见即晓,当下便能了悟。渐悟却是一个从容和缓的过程,需要思索、体会、玩味、咀嚼,久而久之才形成自己的独立判断。但是"顿"与"渐"绝不会独立存在,相互隔绝。顿悟是渐悟的瞬时展现,渐悟又是顿悟的开悟根本。"悟"是什么?剖开它,就是"我的心"。

心,时时刻刻都被我们这副皮囊包裹得严严实实。因为它被掩藏着,所以我们忘记了它还需要养护与修饰。它是红是黑,似乎也不重要了,因为它很难被人看穿,甚至包括我们自己。所以我们忽略了它的容貌,反而每天冲洗那一张被世俗打磨得光鲜亮丽的脸。

林黛玉曾说:"我为的是我的心。"的确如此!因为那一颗心,她才有了"随花飞到天尽头"的执着。心,需要一扇窗或者一道门:不为别的,为的是让自己蓦然心惊一回。虽然我们不必像黛玉一样至情至善,但是留一份本真在心间,才是不迷失自我的关键。

王熙凤的管理之道

我们时常说《红楼梦》是一部"百科全书",并不是说它具备了所有学科的系统知识,而是它具有较强的"现代性"。所谓《红楼梦》的"现代性",不是指它具有现代人的思想,而是对现代社会和生活的一种切入能力。例如《红楼梦》与现代管理,似乎风马牛不相及,但是现代人却以"见仁见智"的眼光从《红楼梦》中窥见了管理的精华。

"管理"在现代社会中,早已成为"显学"。管理活动自古以来就存在,可以追溯到原始社会。我们不难发现,无论是哪种管理,其核心都是"人"。在整个管理活动中,无论是管理者还是被管理者,也无论是领导者还是计划实施者,有所作为的都是人。所以"人"在整个管理活动中既是核心也是灵魂,更是研究的重点。

《红楼梦》中的管理之道,得从王熙凤说起。

王熙凤是《红楼梦》中的主要角色之一。如果我们对宝黛的言行不甚了解,那是因为他们身上既具备"人性"又渗入了"仙性",换句话说,他们是"半人半仙"。而展现在读者面前的王熙凤形象,就是一个完完整整的"现实真人"。《红楼梦》中的人物构架如果少了王熙凤,故事的可读性至少要减去三分之二,整个人际框架也会随之坍塌。

在整个贾府中,王熙凤是权力交织的核心,同时也是核心权力的执行者。偌大的一个家族,如同一个社会,三教九流,杂色人等,良莠不齐,"管理"在这个家族中早已是关乎生存的大问题了。

在协理宁国府时，王熙凤最出色地表现了她的管理才能。首先，王熙凤对宁国府做了一次家族诊断。她极其尖锐地指出，宁国府存有"五大弊病"："头一件是人口混杂，遗失东西；第二件，事无专执，临期推委；第三件，需用过费，滥支冒领；第四件，任无大小，苦乐不均；第五件，家人豪纵，有脸者不服钤束，无脸者不能上进。"

针对这"五大弊病"，王熙凤决定采用猛药。一到宁国府，她就发表了措辞极其强硬的"就职演说"：

> 既托了我，我就说不得要讨你们嫌了。我可比不得你们奶奶好性儿，由着你们去。再不要说你们'这府里原是这样'的话，如今可要依着我行，错我半点儿，管不得谁是有脸的，谁是没脸的，一例现清白处治。

根据这一思路，王熙凤开始制定规则，按岗定编，强化监管。这一措施收到了效果：宁国府的面貌立刻改变了。由此可见，王熙凤的权威性确实是很强的。

王熙凤有这样的才能，其实源于她的管理理念。这种理念主要集中在对"人"的把握上。

现代人力资源管理，主要关注四个方面——选人、育人、用人、留人。《红楼梦》中的管理者——王熙凤，是怎么做到这四个方面的呢？

第一，选人。

俗话说"一个好汉三个帮"。再强悍的人，也需要有一批得力的助手。一个团队的发展，更是群体力量推动的结果，所以王熙凤时时在意地挑选自己满意的"帮凶"。

怡红院中的小红，原本是管家林之孝的女儿，原名"红玉"，因为犯了宝黛的名讳而改名叫"小红"。此人聪明伶俐，但在怡红院中并没有得到重用，只是一个粗使丫鬟。一天，她在大观园中偶遇王熙凤。凤姐因想起了一件重要的事情，需要找人传话给平儿，但此时身边又无随从，便临时抓住了小红当差。小红凭借自己敏捷的思维和出众的口才，赢得了王熙凤的赏识。凤姐立马决定要留下这个人才，于是给宝玉说了，重新买了一个丫头给宝玉，而自己留下了小红。

在人力资源管理中,"选人"是第一步。只有选好了人,选对了人,才可能有进一步的管理与发展。

第二,育人。

育人,是为"用人"做准备的。"育人"本身是一个具有广泛意义的词语。怎么"育"?那要根据自己的需要而定。王熙凤育人就是根据这样一条定律来实施的。例如她在协理宁国府的时候,对众人说:

> 素日跟我的人,随身自有钟表,不论大小事,我是皆有一定的时辰。横竖你们上房里也有时辰钟。卯正二刻我来点卯,巳正吃早饭,凡有领牌回事的,只在午初刻。戌初烧过黄昏纸,我亲到各处查一遍,回来上夜的交明钥匙。第二日仍是卯正二刻过来。说不得咱们大家辛苦这几日罢,事完了,你们家大爷自然赏你们。

"素日跟我的人,随身自有钟表,不论大小事,我是皆有一定的时辰。"在这句话中,我们依稀能看到王熙凤育人的情景:根据自己做事的习惯来教育下属,让主仆之间配合得更为默契,同时也让自己的管理更为方便和顺利。

第三,用人。

"用人"是人力资源管理的核心。无论是选人还是育人,都是为"用人"服务的。在《红楼梦》中王熙凤用人的例子不胜枚举。例如王熙凤的丫头"善姐"。当王熙凤把尤二姐诓进大观园之后,便派善姐去"伺候"。她的言行尖酸刻薄,大有王熙凤之风格,虽为"善姐"却不与人为善。王熙凤抓住了她的性格特征,所以让她去"伺候"尤二姐,从而达到拔除"眼中钉,肉中刺"的目的。

第四,留人。

"留人"是人力资源的最后一步,也是为进一步"用人"而使用的手段。从某一方面来说,能不能留住人,要看管理者的手腕和方式方法。王熙凤留人,是直接抓住这个人的情感要害与名利心态。例如平儿,原本是她的陪嫁丫头。王熙凤出阁的时候,陪嫁到贾府的丫头共有四个。后来死的死,走的走,现今唯独剩下平儿。平儿冰雪聪明,为人厚道,是凤姐最得力的心腹,也是她一时一刻也离不开的助手。李纨曾经称平儿是王熙凤的一把总钥匙，可见平儿对凤姐的重要程度。

王熙凤为了留住这个人下了很大的功夫。从情感上来说，平儿从小伺候她长大，又随她陪嫁了过来，在贾府算最知根知底的人了。她给平儿很多的权力，例如处理家政、掌管自己私人财务，等等。但是一个女人最终还得有个归宿，为了留住平儿，王熙凤这个"醋缸"竟然让平儿嫁给贾琏做"通房大丫头"，可谓不惜血本。对于王熙凤来说，能走出这一步已经相当不容易了，可见她对人才的重视。

王熙凤是古人，当然不知道"人力资源管理"这一概念，但是从她身上，我们看到的却是一个老到的"人力资源管理师"的风采。

门子的失误

门子，在《红楼梦》中是一个芝麻大的人物。他原是葫芦庙中的一个小沙弥，因原来的寺庙被火烧了之后无处安身，欲投别庙去修行而又耐不得清凉，后来便蓄了发，在应天府找到了差事，也就充了门子。"门子"是一种职务的名称，是在衙门做传达工作的人，原本不是这个小沙弥的名字。他姓甚名谁，早已经失落无考了。

门子在《红楼梦》中只有一场戏，但是就这一场小戏却把这个人物刻画得细腻而立体。这个小人物最终的结局是被贾雨村"寻了一个不是"而远远地发配了。为什么会这样？我们本着这条脉络来剖析这个人物的心路历程。

原本是小沙弥出身的门子，很有可能是贫苦人家的孩子。出家当和尚绝对不是他的初衷，因为当葫芦庙被烧毁之后，他投到了一个物质条件和环境都不好的寺庙，这个寺庙和当日香火旺盛的葫芦庙不可同日而语，他便耐不住那份寂寞而蓄发还俗了。

门子应该是一个极其聪明的人，不然他做不了衙门的差事。他还俗后，娶妻成了家，还有了自己的房屋。他有一定的经济头脑，把自己空余的房舍出租出去，以此来增加自己的收入，所以才有了和英莲做邻居的条件。他的社交也应该比较宽广，不然也谋求不到门子这样的职务。他也比较有进取之心，总想往高处攀爬，不然也不会积极主动地靠近贾雨村而殷勤地奉计献策。

但问题仍然要回到他为什么被贾雨村"开除公职"上来。《红楼梦》中交代：

> 此事皆由葫芦庙内之沙弥新门子所出，雨村又恐他对人

说出当日贫贱时的事来，因此心中大不乐业，后来到底寻了个不是，远远的充发了他才罢。

曹雪芹写得非常巧妙。贾雨村寻的"不是"是什么，我们不得而知，但是这句话的重点却要落在"到底"之上。"到底"包含着终于的意思。言外之意，这个"不是"寻得比较辛苦，是故意而为之。这说明门子在贾雨村跟前办事还是比较谨慎的。

门子为什么被开除？贾雨村心中的"大不乐业"到底是指什么？书中直接交代得并不全面，但通过文中的对话，我们可以总结出门子的"四错"。正是这四错埋下了他被发配的根由。

第一错，说话不避讳。

当贾雨村把门子传到自己的房间时，门子第一句话就是：

老爷一向加官进禄，八九年来就忘了我了？

你门子和贾雨村是什么关系？不过就是贾雨村曾经认识的一个小和尚而已。你又不是别人的大恩人，非亲非故，别人为何要记住你啊？如果说这句话还可恕，接下来的言语就实在有些过分了。当贾雨村表示想不起来的时候，门子说道：

老爷真是贵人多忘事，把出身之地竟忘了，不记当年葫芦庙里之事？

这话听得贾雨村"如雷震一惊"。什么叫"出身之地"啊？别人贾雨村祖上也曾经是"诗书仕宦之族"，出身官宦之家，怎么到了你门子的嘴里，竟把人家的祖籍都给湮灭了？这还了得！贾雨村毕竟是进士出身，有涵养，此时并没有发火，也许是被这么一句知根知底的话打懵了，便笑着道："原来是故人。"

第二错，说话不知轻重。

无论怎么说，贾雨村也饱读诗书，满腹经纶，不然是考不中进士的。虽然他为官时间不长，但和门子比起来，学识不知高了千倍万倍。自古以来"学而优则仕"，贾雨村也是个悟性极高之人，又经历宦海浮沉，对于为官之道是必有心得和感悟的；现在重新走马上任，万事都会小心谨慎，前车之鉴必定牢记于心。但是对贾雨村不知道"护官符"之事，门子是这么说的：

> 老爷既荣任到这一省，难道就没抄一张本省"护官符"来不成？……（贾雨村表示不知道护官符）这还了得！连这个不知，怎能作得长远！……

这些话，完全就是一个长辈或者上司对下属的口吻。虽然门子说得在理，但是贾雨村能接受吗？建议和指教完全是两个不同的概念。曾经吟唱"天上一轮才捧出，人间万姓仰头看"的贾雨村能让你一个门子来指教？好歹他也是一个堂堂的五品官员。

第三错，知道太多。

我们常在电影中看到这样的情节：一个人如果知道的事情太多，最后总要被杀。古往今来，在政坛，这样的事情屡见不鲜：轻者发配边关，重者人头落地。这似乎已经成了游戏规则。从门子剖析"四大家族"，提出"一荣俱荣、一损俱损"的论点来看，他对时政了解得确实透彻，但是却忽略了潜规则的风险。

分析官场利弊，对贾雨村处理案件是有帮助的。在这一点上，贾雨村可能不会认为门子多事、逞能。但是了解他的底细这一点，却是贾雨村不能容忍的。俗话说"装疯卖傻，过得逍遥"，但是门子偏偏不装傻，而且处处显摆所知。

当贾雨村问及：

> 如你这样说来，却怎么了结此案？你大约也深知这凶犯躲的方向了？

门子见贾雨村这样问，便更加显摆所知了，说道：

> 不瞒老爷说，不但这凶犯躲的方向我知道，一并这拐卖之人我也知道，死鬼买主也深知道……这人（甄士隐）算来还是老爷的大恩人呢！他就是葫芦庙旁住的甄老爷的小姐，名唤英莲的。

这段话可以说触及了贾雨村的心底：曾经落难之时甄士隐伸出援助之手而雪中送炭，现在该他报恩了。何况这报答的方式来得那么直截了当，无须拐弯抹角，徇私舞弊。但是"四大家族"的势力是贾雨村能得以重生的根源，又是明摆着的事实。怎么办？贾雨村定是识时务者；但是这样做，他定会给门子一个印象——忘恩负义。像门子这样喜欢显摆之人，极有可能把他的不是泄露出去，那他一世英名可能会随风而散，荡然无存。这时贾雨村会怎么办？不杀你以掩事实，算是对得起你了。

第四错，过分地显示所能，出无知的馊主意。

我们在读"葫芦僧乱判葫芦案"的时候，有一个感觉，审案的主官贾雨村完全就是一个听众，一盘棋皆门子一人在下。如果你的处理方案好——既能摆平双方又能向朝廷交差——也就罢了，但是门子提出的审理方案确实馊到了极致。对于案件怎么处理，贾雨村问门子："依你怎么样？"门子道：

> 小人已想了一个极好的主意在此：老爷明日坐堂，只管虚张声势，动文书发签拿人。原凶自然是拿不来的，原告固是定要将薛家族中及奴仆人等拿几个来拷问。小的在暗中调停，令他们报个暴病身亡，令族中及地方上共递一张保呈，老爷只说善能扶鸾请仙，堂上设下乩坛，令军民人等只管来看。老爷就说："乩仙批了，死者冯渊与薛蟠原因夙孽相逢，今狭路既遇，原应了结。薛蟠今已得了无名之病，被冯魂追索已死。其祸皆因拐子某人而起，拐之人原系某乡某姓人氏，按法处治，余不略及"等语。小人暗中嘱托拐子，令其实招。众人见乩仙批语与拐子相符，余者自然也都不虚了。薛家有的是钱，老爷断一千也可，五百也可，与冯家作烧埋之费。那冯家也无甚要紧的人，不过为的是钱，见有了这个银子，想来也就无话了。老爷细想此计如何？

这个计策馊就馊在"扶鸾请仙"。用神鬼仙术来判案，实在荒唐！贾雨村就算要徇私舞弊，也不会使用如此无知的手段。贾雨村是进士，从小诵读儒家经典，儒家是最主张"不语怪力乱神""六合之外存而不论"的。所以当贾雨村听门子如此设计，笑道"不妥，不妥"。

正是因为这四错，门子最后被发配了。所以说，门子最后的结局，是他自作自受——有因必有果。

《红楼梦》中的同性恋

在中国传统文化中,"性"常常处在人们避而不谈的尴尬位置。随着时代的变迁和社会的进步,关于"性"的话题,再也不是什么"闺中秘事""难言之隐"了。对《红楼梦》中"性"的研究,也不乏其人。聂鑫森先生就曾经出版过专著《〈红楼梦〉性爱解码》,专门研究其中的性爱文化。这是红学史上第一部全面深入研究《红楼梦》中"性爱"的专著。

《红楼梦》中关于同性恋的描写,也是很丰富的。但是,《红楼梦》中的同性恋,和我们现代意义上的同性恋,在本质上有很大的差异。

现代社会的同性恋,是一种个人性取向。这种性取向是建立在真情实感之上的。换句话说,无论是"男男之爱",还是"女女之爱",都是有爱情的基础的。但是在《红楼梦》的时代,同性恋就只是一种赤裸裸的"男男"性行为。例如贾琏,因巧姐出痘子,按照规矩得忌房事,所以他需要搬出去住。但他毕竟是年轻人,血气方刚,离开凤姐一两天,就难受得欲火焚身。于是,他就找了几个俊秀的小厮来"出火"。你能说,贾琏和这些小厮们之间有真情实感?答案是否定的。这就是一种"泄欲"。

在那个"不孝有三,无后为大"的封建时代,"男男"之间,是绝对不能有爱情的结果的。不管你多么喜欢男子,在男子的潜意识中,他们都要去结婚生子,这才是"人间正道"。《红楼梦》中的冯渊,十八九岁前也是酷爱"男风"而不喜欢女色的,后来偶遇英莲,才立誓不再结交男子,这才算"回归正道"。

还有一点至关重要!在《红楼梦》时代,同性恋是"时尚",

是贵族公子们才玩得起的"高级娱乐"。纨绔子弟们聚会，除了要歌姬相陪，也要"漂亮"的男孩子相陪。像贾珍召集族中子弟在宁国府吃喝玩乐的时候，邢大舅不就是和两个表现得非常势利的"娈童"生气吗！他还说了一些流传至今的同性恋专用词汇——"兔子"等。

我们都知道，以前的娱乐界范围很狭窄，不外乎就是唱戏的。昆曲也罢，京剧也好，就那么大的圈子，而且大多是男子表演。男演员们，一个个在舞台上，珠光宝气，腔调婉转，神采飞扬，婀娜多姿，举手投足之间尽显"花枝招展"。这让下面的爷们儿看得"失魂落魄"而动了"花心"，是常有的事情。所以在那个时代，但凡喜欢走台唱戏的男子，很多都被认为是喜爱"龙阳之性"的，也才有了《红楼梦》中薛蟠误认为柳湘莲也是这样的人而招来一顿毒打的情节。

从上面的例子和叙述中，我们可以体会到，《红楼梦》中的同性恋行为，在很大程度上，其实是"异性恋"行为的一种替代。无论是薛蟠、贾琏还是邢大舅等人，喜欢的都是"清秀"而有女儿之态的男子。所以，《红楼梦》时代的同性恋和现代意义上的同性恋是不能等同的。

我们把这一话题回到贾宝玉身上：他到底是"同性恋""异性恋"还是"双性恋"？其中的情感纠葛，异常复杂。

我们都知道，贾宝玉审视世间万物而判断人性优劣，就是一个"情"字。他认为有情的人，他就喜爱，就尊重；他认为无情的人，他就讨厌，就鄙视。在他的生命中出现过两个"亲密"的男友：一个是秦钟，一个是蒋玉菡。

秦钟是一个美男子，帅气、俊朗的容貌在贾宝玉之上。《红楼梦》中集中描写"同性恋风波"的第九回，就是以秦钟为导火索的。他和贾宝玉之间的暧昧关系，在家塾里无人不知。《红楼梦》第十五回，曹雪芹用曲笔道：

> 宝玉不知与秦钟（在床上）算何帐目，未见真切，未曾记得，此系疑案，不敢纂创。

在这种"不写之写"的状态下，曹雪芹其实默认了贾宝玉和秦钟之间的"男男关系"。

贾宝玉和蒋玉菡之间的情感牵连,就更加微妙了!为了蒋玉菡,贾宝玉受到了父亲贾政的一顿暴打。这顿板子,在《红楼梦》中引发过轩然大波。

曹雪芹对"玉"的使用是相当谨慎的,《红楼梦》中只有"四块玉"——贾宝玉、林黛玉、妙玉、蒋玉菡。为什么蒋玉菡有此"殊荣"呢?因为这几块"玉"都和贾宝玉有着不同的"缘分"。贾宝玉和林黛玉,是在天上结下的一段"仙缘";贾宝玉和妙玉呢,一个收敛谦称"槛内人",一个清高自封"槛外人",所以他们两个结下的是一段"佛缘";贾宝玉和蒋玉菡呢?为了蒋玉菡,贾宝玉经受了肉体之苦。《红楼梦》中虽然没有直接表记他们两个是怎么私下相通的,但是通过忠顺王府的长史官的质问和贾宝玉吞吞吐吐的回答,就能知道,他们的关系并不"清白"。所以说,贾宝玉和蒋玉菡之间结下的是一段现实"俗缘"。

在这里,我们又会发现书中一个很有意思的现象:无论对于贾宝玉和秦钟还是贾宝玉和蒋玉菡,曹雪芹只透露他们之间的"情",而不展示他们之间的"性"。所以,我们可以断定,贾宝玉身上的这种"同性恋"行为,仍然是以"情"为标准的。换句话说,曹雪芹对建立在"情"之基础上的"同性恋"是尊重的,是理解的,也是支持的。

贾宝玉是承受着"大情"与"大爱"之人。这个人物,我们很难用"性取向"来判断他的性情。他虽然有"男男之情"也有"男男之爱",但是对林妹妹的那种倾慕之心,更比这种"性情"高出了十倍,也纯洁了百倍。

《红楼梦》中的同性恋现象,其实也是由"文化基因"支配的。从古至今,在中国,同性恋群体自始至终并没有遭受到沉重的打击。很多美丽的同性恋故事,还被后世称颂;像"龙阳""断袖"这些词汇,一直用到今天,其中并没有贬义;像《品花宝鉴》这样的同性恋名著,仍然有它不可撼动的文学地位。中国在这一点上相对于其他一些国家来说是比较宽容的,中国历史上没有残酷迫害同性恋的传统。同性恋群体的压力主要来自世人的道德观念,因为中国社会受儒家思想的影响"不孝有三,无后为大"的理念根深蒂固,一直导引着中国人的生活模式。

《红楼梦》中的同性恋现象由文化基因支配,体现了作者的艺术手法,展示了社会疾弊，更表达了曹雪芹对性爱的超前之思。所以贾宝玉有着什么样的性取向并不重要，重要的是，我们看到了当时的社会刻录在书中的痕迹，看到了作者对于"情"的宽广胸怀：只要是纯真的情，都值得人们去尊重。

《红楼梦》中的"死"

对"生与死"的探讨,在我们的传统文化中,其实是很忌讳的。当年孔子的学生问他,何为死。夫子回答:"未知生,焉知死?"言外之意,"生"还没有弄明白呢,去研究什么"死"。所以儒家从来不讲"怪力乱神","六合之外存而不论"。当然你也可以理解为这是儒家文化的"务实"精神。

但无论如何,也不管你论与不论、谈与不谈,曾经随着一声啼哭,你来到了这个世间,将来亲人们的哭泣声也会送你离开这个世界。"生"与"死",谁是起点?谁是终点?似乎辨识不清。我们生从何来?死往何去?似乎无人知晓。生命到底是从时间的长河之中借来的一段光阴,还是自然赋予万物的一种感知?像这样的终极追问,如果不根据具体的生命个体去做出诠释的话,恐怕它永远都是一个伪问题。

死亡,在我们心中常是恐怖的词汇。但是这种恐怖源于何处,未必每个人都去深究过。可能是对死亡的"不可知性"感到害怕,可能是对现实的不忍舍弃和有所留恋,也可能是现实中的死亡都与痛苦和血腥紧紧相连……

我曾经和朋友们开玩笑说,《红楼梦》中的死法,千奇百怪,完全就是一本"死亡秘籍"。

秦可卿悬梁自缢。一匹白绫,清洁无染,让自己飘逸在红尘之外,是要还自己一个"干净"吗?

金钏投井而死。水的圣洁,水的轻柔,让她的委屈一洗无余了!

尤三姐拔剑自刎。喷洒在空中的热血,撼天动地,像盛开的红莲，载着她的香魂回归离恨天外！

司棋撞墙而亡，轰轰烈烈，地动山摇。飞溅出来的血液，像一颗颗子弹划破黑暗的时空，伴随着一声巨响，震耳欲聋！

尤二姐吞金自尽。她用自己的身体融化了世俗的金银，控诉着世间的人情冷暖、笑里藏刀！

贾敬服丹"升天"，虽然顽愚不化，但也通过吞食仙丹而永别熙熙攘攘的凡尘！

从《红楼梦》这么多的死法中，你看见了什么？领悟到了什么？曹雪芹笔下的"死"，从某种意义上来说，就是一种"回归"。书中所有的女孩子都是从天而降的神仙，"生"，不过是一段"历劫"的过程，太虚幻境才是她们永恒的归宿。所以对于《红楼梦》中的种种死亡，我都不掉一滴眼泪：不是无情，而是喜悦，因为我心中早有了她们回归太虚、脱离喧嚣的定位。

《红楼梦》中的"死"，除去让我看到"回归"以外，还让我感受到一股强有力的"新生"。就在拔剑的那一瞬间，撞击的那一刹那，悬空的那一顷刻，它奔腾着，怒吼着，要冲破今生的是是非非、坎坷哀怨，向着"重生"而起伏跌宕，勇往直前。这股"新生"的力量不是死亡的恐惧能够阻挡得了的，相反，"新生"的万丈光芒，早已让恐惧烟消云散，死亡在阳光的普照下也显现出如归般的温暖。

生与死，死与生！在《红楼梦》中无须去追问谁是起点、谁是终点。生命就是一段脚踏实地的行程。我们不必为了"生"而去找"死"，也不必为了"死"而去求"生"。只要在生与死之间，有一种希望，有一份祥和，有一份安定，有一份不悔、不惧、不卑、不亢，生命的价值也就在了……

孙桐生与《红楼梦》"甲戌本"研究

红学可谓最具中国传统特色的文化现象之一，从它诞生之日起便一"红"不可收拾，到如今已"红"得发紫。在红学史上，研究《红楼梦》的版本及其演变早已形成了一个相对独立的红学分支——版本学。在《红楼梦》版本研究史上，孙桐生无疑是一个值得重视的人物。

"甲戌本"是《红楼梦》最古的版本之一。红学家周汝昌先生认为，甲戌本是红学的源头，自它出现，方将芹书二百年间所蒙受垢辱一洗而空，恢复了其著作权和名誉权。甲戌本的遭遇也十分离奇，曾因胡适而显现于世，后又因胡适而流失海外，长期寄存于美国康奈尔大学图书馆，后几经周折才得以重返故土，现藏于上海博物馆。这部稀世孤本之上留有孙桐生的墨笔批语数十条。其中眉批、回前回后批共 36 处，366 字；侧批共 21 处，208 字；改字 31 处，改 37 字。

孙桐生自幼喜爱《红楼梦》，在其《自编年谱》中说道：

> 少读《红楼梦》，喜其洋洋洒洒，浩无涯涘，其描绘人情，雕刻物态，真能抉肺腑而肖化工，以为文章之奇，莫奇于此矣，而未知其所以奇也……

孙桐生出身官宦人家。其父孙文骅，曾任湖北黄安知县；其兄孙崧生，道光丁酉贡士，曾任鄢陵、杞县知县，禹州知州。孙氏一门，其子弟笃好文学，门楣书香四溢。

孙桐生也曾热衷于仕途，是咸丰二年（1852）三甲第一百一十八名进士。他虽置身官场，却始终为官清廉，两袖清风；虽三任县令，两任太守，一任两州（衡州、岳州）权局，却始终心系诗文与学术，曾四次典当家产以筹资刊刻古典名著——《红楼梦》。他从著名藏书家刘铨福处借得"妙复轩评本《红楼梦》"，并于光绪七年（1881）刻于湖南卧云山馆，一时传为佳话。可以说孙桐生对《红楼梦》的流传与普及做出了莫大的贡献。

从现有流传下来的批语及改字来看，孙桐生的红学思想主要有三大特点。

第一，其批语深受索隐派影响。

孙桐生在甲戌本卷三上留有87字的眉批：

> 予闻之故老云，贾政指明珠而言，雨村指高江村（高士奇）。盖江村未遇时，因明珠之仆以进身，旋膺奇福，擢显秩。及纳兰势败，反推井而下石焉。玩此光景，则宝玉之为容若（纳兰性德）无疑。请以质之知人论世者。同治丙寅（五年）季冬月，左绵痴道人记。

言即：贾政是暗指康熙朝的宰相明珠，贾雨村暗指高江村，贾宝玉就是纳兰性德。这无疑是"索隐"之风。所谓"索隐"，顾名思义是对"隐"的索解，目的在于揭开幽隐而寻求"隐"去的"本事"。它是传统国学中对于文本的一种重要的解读方式。这种解读方式运用到《红楼梦》文本研究上，便形成了"索隐派红学"。换言之，这一派红学就是要超越出《红楼梦》文字的字面意义而索解出文本背后的"事"和"义"，也就是"某一历史时期的真实事件"。

"索隐派"的学术观点，早已被后世否定，所以孙桐生先生的这一学术旨趣早已定格在尘封的历史之中了。

第二，其批语重在揭示文本的含义，对作品的行文和故事结构做了提示，并且点出了文中的"暗线"与"伏线"。

例如在第五、六回中，孙桐生分别批道："所谓一枝变出恒河沙数枝笔也"；"截断正文，另起一断笔势，蜿蜒纵横，则庄子南华差堪仿佛耳"；"奇笔突起好笔，奇笔如此方是活笔不是死笔"。这些批语都指出并肯定了曹雪芹奇妙的写作技法。在"八股"横行、小说不登大雅之堂的时代，孙桐生竟有如此的艺术修养，不得不令人敬佩。

《红楼梦》甲戌本第二十八回，题名"蒋玉菡情赠茜香罗，薛宝钗羞笼红麝串"。在这一回中，贾宝玉与蒋玉菡、冯紫英、薛蟠一起吃酒行令。蒋玉菡在作曲后无意念道："花气袭人知昼暖。"孙桐生在此批语道："曲内暗伏将来袭人配偶。"从现有很多探佚学家的分析来看，袭人最终确实嫁给了蒋玉菡。所以，孙桐生的分析和对人物命运的把握是相当准确的。

第三，其改字的目的是使文辞顺畅。

在《红楼梦》甲戌本的"凡例"中有"字字看来皆是血，十年辛苦不寻常"的诗句，许多红学家也因此对文字看得十分重要，对更改《红楼梦》文字的行为是很难容忍的。因为无论是考证派还是索隐派，都可能在一两个文字上做出大文章，挖掘出大"秘密"来。孙桐生在甲戌本上曾改动了37字，胡适、周汝昌先生认为，这样的改字在很大程度上破坏了原著的本来面貌。胡适先生曾在《跋〈乾隆甲戌脂砚斋重评石头记〉影印本》中说道：

> 这位孙太守在甲戌本上批了三十多条眉批……他又喜欢改字……孙桐生的批语虽然没有什么高明见解，我们既已认识了他的字体，应该指出这三十多条墨迹批语都是他写的。

从胡适先生的话语看，多是对孙桐生的不屑一顾。孙先生到底都改了什么字呢？我们列举一二："冒烟眉"改为"笼烟眉"；"秋流到冬尽春流到夏"改为"秋流到冬，春流到夏"；"情天情海幻情身"改为"情天情海幻情深"。坦诚地说，像这样对文本的改动，很大程度上遮蔽了作者的文心匠意。但是我们不能孤立地看待改字行为本身。孙桐生刊刻《红楼梦》的目的是让更多读者欣赏这部旷世奇书，所以才千辛万苦借来善本，不惜变卖家产以筹资刊刻，使更多喜爱《红楼梦》的读者看到了最好的本子。从这一点出发，后世研究红学的学人都应该心存感激。

光绪十一年（1885），任湖南永州知府而年已62岁的孙桐生回到家乡绵州（今绵阳）。曾因刊刻《红楼梦》而家徒四壁的他，虽深受"食指繁多，用度拮据"之苦，但仍然教书育人，主讲于绵阳治经书院。他对学生要求严格，在其《治经书院叙》中记载：

> 以振兴文教为己任……咸奋相学，得于诸生讲解切磋，凡持身涉

世之大纲，治国安民之大道……必自躬行……光绪十二年岁在丁亥。

光绪三十年（1904），孙桐生带着对《红楼梦》无限的眷恋以及对学生无限的希望离开了人世，享年 81 岁。

王国维之死与《红楼梦》中的"自杀"

王国维的大名对我们来说早已如雷贯耳。在百年文坛之中，他有着不可撼动的学术地位；且又是一代史学宗师，桃李满天下，赵万里、吴其昌、戴家祥等都是他的学生；私淑于王国维的弟子更是不计其数了，著名的史学家郭沫若、侯外庐就承袭了王国维的学术之路。王晓清先生在《学者的师承与家派》一书中就说过："以王国维为学术宗主的专门之学，构成了20世纪中国史学研究的半壁江山。"

因为王国维先生的《红楼梦评论》是至今仍被奉为经典的名作，所以很早我就细细地拜读过了，但对王国维的了解也仅限于他对红学的研究。前段时间在图书馆无意间翻到了王国维的《静安文集》，读罢我感慨颇多！

1927年6月2日，王国维在颐和园纵身跳入昆明湖。在那样一个政治风云突变的年代，王国维让自己的生命牢牢地定格在了一片水波之中。

我一直都很纳闷：这样一个大学者，这样一个深研《红楼梦》精神的人，在红楼之中苦苦寻求到了解脱之道的一代国学大师，怎么会去自杀？王国维先生在《红楼梦评论》中就明确地表示过，自杀不是真正的解脱。《红楼梦》中的解脱之道，是"存于出世，而不存于自杀"。在王国维先生看来，《红楼梦》中，最后真正解脱的只有三个人——贾宝玉、贾惜春、紫鹃，他们最终都皈依佛门。而在这三人之中，惜春和紫鹃的"解脱"是"观他人之痛苦"后得到的人生感悟，是一种自然的觉醒，这种解脱的层次其实并不深刻。王国维认为，贾宝玉才是书中唯一能够从人生的痛苦之中自拔而解脱出来的人，这才是最高层次的"解脱之道"。

但问题随之而来了！好一个解脱之道"存于出世，而不存于自杀"！王先生，您为什么最后用一条惊世骇俗的弧线沉入湖底？这种自杀有什么"超然脱俗"呢？

在阅读了《静安文集》之后，我渐渐有了零星的答案。王国维自幼坎坷，3岁丧母，29岁父亲去世，30岁继母和妻子相继离开人间。生活的变故使他性格内向。在文集中，他说自己"体素羸弱，性复忧郁"，"人生之问题，日往复于吾前"。曾经，就是这样一个身体单薄的年轻人，日日思考、忧虑的都是人生的终极问题。后来他接触到了叔本华的"悲观主义"哲学思想。这种哲学理念和他的人生经历与感悟不谋而合，于是他便开始沉溺于叔本华的思想之中。

叔本华认为，人生就是一种痛苦，一个人所感受的痛苦与自己生存意志的深度成正比。"意志"就是生活的欲望。所以悲观主义哲学认为，生命因意志而存在，对人生的终极理解就是求得一种解脱。王国维认为，人生的苦痛是多方面的，但男女之间的情欲所酿成的悲剧具有无限的永久的意义。男女之欲，一旦陷入而不易自拔，便有害无利。对于人而言，肉体本身就是一种"欲"苦。这种思想，其实不单单是王国维所有，老子也说过："人之大患，在吾有身。"

王国维最后投湖自杀，是因为他没有得到叔本华的解脱之道，还是没有真正悟出《红楼梦》的解脱精神？很多学人都断定王国维是消极的，但是就文学评论而言，并非积极就好、消极就差。文学评论只能代表评论者所持的价值观念而已。对于"积极"与"消极"的定义，持不同哲学观念的人各有其不同的解释。例如儒家文化认为，挖掘自身的潜力，投身于工作，修身齐家治国平天下，这就是"积极"；而道家文化认为，看破生死，看破功名，修其身心，超越自我，这才是"积极"；而佛家文化认为的"积极"却是超脱凡尘，六根清净，渡苦渡难。哪一种才是真正的"积极"呢？恐怕只能是"修儒说儒，修佛说佛"了。

我记得叶嘉莹先生在研究王国维的时候，对王国维的性格作出了两点评论：第一，理智与感情兼长并美；第二，忧郁且悲观。这两点也是造成王国维最后自杀的主要原因。

问题仍然回到"自杀"上来：一个在《红楼梦评论》中"斜视"自杀的人，为什么最后还是要选择这样一条道路？

抱着这样的问题，我又重新阅读了《红楼梦评论》。这次我发现了一个微小的信息，就是王国维对鸳鸯之死的评价。鸳鸯因为反抗贾赦，不愿意去做他的小老婆，在后四十回中，贾母死了，鸳鸯知道自己的命运已经捏在了贾赦的手里，最后上吊自杀了。王国维认为，鸳鸯之死和金钏、司棋等人的自杀有所不同。王国维说："鸳鸯之死，彼固有不得已之境遇在。"看到这句话，我豁然开朗——王国维的自杀，是否也有"不得已之境遇在"呢？

通观王国维的生前文字，虽然他没有皈依佛门，但是已经有了出世的觉悟。例如他对"悲剧"的理解也是新颖而深刻的。他认为世间的悲剧有三类：第一类是由阴险恶毒之人造成的悲剧；第二类是偶然的错误所造成的悲剧；第三类是"存在悲剧"，是由人物的相互关系和彼此地位的不同造成的。在这三种之中，第三类悲剧是最可怕的，也是随时存在我们身边却无声无息而不见血腥的悲剧。《红楼梦》演绎的就是这样的悲剧。

历史发展到北伐战争期间，北京城有一种传言：当北伐军进入北京城之后，那些顽固的、保守的、循旧的前清遗老统治都要被治罪。王国维是前清的遗老吗？也说不上。但是我们不要忘了，王国维是溥仪的师傅。他也曾经感慨过，清朝的衰亡不是溥仪的罪过——他不过是在亡国之时做了一个亡国之君而已。所以在王国维内心深处，和溥仪的那段师生情谊是不能轻易决绝的。如果北伐军以"遗老"之名治罪于他，他可能也就有口难辩了。

如此，我们便可理解其因"不得已之境遇在"而自杀了。但是，王国维的情感和理智兼长并美，是优点，还是缺点？从学术研究来说，这是难得的优点。文学研究本身需要情感去体悟，同时又需要理智来剖析。正是因为两者兼得，王国维才成了一代宗师。但是恰恰又是情感和理智二者的矛盾和摩擦，让他最后走向了昆明湖底。

在西方人眼中"林黛玉"真成了"放荡的女人"？

《莎士比亚眼里的林黛玉》是裴钰先生的著作，2008年10月由北京航空航天大学出版社出版。裴钰先生对红学的研究，主要集中在东西方比较文化的角度上，为积极推进传统文化与红学研究做出了极大的贡献。

我细细地拜读了这本书，受益颇多，但在回味之余，总感觉裴先生站在东西方比较文化的角度上对《红楼梦》的"翻译文化"有一丝曲解。例如：在西方人眼中，"林黛玉"真成了"放荡的女人"？我认为这是裴钰先生对"翻译文化"的一点"错觉"。

当然这只是我个人的一些陋见！在抛出陋见之前，我想先说说我对东西方文化的一些理解。

东西文化根本就是两种文化系统。二者千差万别，人所共知。对于"文化互融"这种理念，我历来就求同存异。所以裴钰先生提出的"文化孤岛"论，我非常赞同。一种文化就是一座"孤岛"，彼文化与此文化绝对不可能"互融"，就像"甲孤岛"与"乙孤岛"永远不能融合成一个"丙孤岛"一样，它们之间最多不过"牵线搭桥"彼此联系。"孤岛"间畅通了往来并不等于这两座孤岛就合二为一了。文化亦是如此。自从东西方文化相互发现以来，其间的往来就从未间断过，或强或弱，直至今日，东西方文化仍然各自独立存在。但是有一个事实我们必须得承认，那就是文化之间的交流必定会产生一种"新型文化"，这种"新型文化"不能归属于任何一种原始文化，然而这种"新型文化"

又绝对包含了原始文化的"基因"。这样说,可能会让你感觉一头雾水,我们举一个生活中的例子。

一杯茶和一杯柠檬水,各有各的特点和味道,但是又有相通之处。相通之处在于,两种饮品都含"水"。各自的特点是,一个含"茶汁",一个含"柠檬汁",所以味道就不一样。我们把两种饮品勾兑起来,就产生了一种"新型饮品"——"柠檬茶"。它既有"茶"的元素,又有"柠檬"的元素,但是它又不是简单的原始"茶水"或者"柠檬水",而是新生的"柠檬茶"。

翻译也是这样。它只是两种文化"牵线搭桥"的沟通方式。翻译其实是文学的一种"再创造",所以翻译作品就成了一种"新型文化"的产品。因为两种文化的绝对互融是不可能的,我们也没有必要去这样做,所以对于翻译者来说,他考虑的第一个问题并不是要去怎么翻译,而是首先确立翻译的立足点和目的。换句话说,翻译者需考虑的是"站在被翻译文化之中来推广这种文化",还是"立足在另一种文化中来吸纳被翻译文化"。两个立足点和两种目的,导致了不同的翻译手法和方式。

若"站在被翻译文化之中来推广这种文化",其翻译的手法多是"直译",因为直译的本身就是对原有文化最大程度地保全。而若"立足在另一种文化中来吸纳被翻译文化",其翻译手法多为"意译",因为"意译"本身就是站在自己的文化思维下理解被翻译的文字。

有了不同的立足点和目的,问题随之而来。如果我们以"站在被翻译文化之中来推广这种文化"的立场来看待"立足在另一种文化中来吸纳被翻译文化"的"意译",就会产生一种错觉:翻译出来的东西,曲解了原意;就《红楼梦》的翻译而言,那就会误导西方读者,以致让西方读者眼中的"红楼人物"和原著中的人物大相径庭。

仅从《莎士比亚眼里的林黛玉》这本书中看来,我觉得裴钰先生有时候就犯了这样的错误,例如书中第172页的《趣谈:刘姥姥是位基督教徒》。

刘姥姥曾经说过一句话——"可见这些神佛是有的"。在霍克斯的英文译本中是这样翻译的:

So you see there are gods and Buddhas watching over us whatever folk may say!

裴钰先生认为,《红楼梦》里的"神佛"必定是中国传统文化意义中的"佛祖"和"神仙",并不是"基督教里的上帝"和"佛祖"的合称。这样的理解当然是正确的。因为在中国文化中,道教中的神泛称为"神仙",佛教中的神称为"佛"或者"菩萨"等。所以裴先生认为,英文译者硬塞给刘姥姥了一个"上帝"。

此外,刘姥姥在大观园游玩时,念得最多的一句话就是"阿弥陀佛"。在霍克斯的译本中常把"阿弥陀佛"翻译成"Holy Name"(圣名)。裴先生认为这可能会误导西方读者——原来刘姥姥是基督教徒啊!

但是霍克斯的这种翻译方法是"意译",是"立足在另一种文化中来吸纳被翻译文化"的。所以,他的目的是让西方读者站在自己文化思维的层面来吸纳"红楼"文化。为什么裴钰先生认为这样的翻译会误导西方读者呢?从上面的例子中我们不难看出,裴钰先生的立场是"站在被翻译文化之中来推广这种文化"。他并没有和翻译者站在一个立足点上来思考,便出现了"会误导西方读者"的错误评判。

裴钰先生认为,英译本中对"林黛玉"这个名字的翻译最为糟糕,甚至认为"彻底毁掉了"曹雪芹对林黛玉这个艺术形象的塑造。在早期的英文版本中,"黛玉"被翻译成"Black Jade",也就是"黑色的玉"。裴钰先生认为,问题就出在"jade"这个单词的引申义上,因为"jade"有一个引申义是"loose woman",也就是"放荡的女人"。这样一来,译文就误导了西方读者,很有可能让他们认为林黛玉就是一个放荡的女人。

以这样的逻辑来揣摩西方读者的感受与认知,我认为有失偏颇。首先我们要理解:引申义,就是指由一事一义推引出其他有关的意义,特指字、词由原义引出新义。我们也可以按照裴钰先生的逻辑如法炮制:在汉语里,"黛"是古代女子画眉用的一种青黑色的颜料;"玉"洁白无瑕,是"纯洁"的象征——裴钰先生也说了:"玉,是用来形容黛玉的纯洁和贞操的。"因此,"玉"字前面加了一个"黛",就完全可以理解为被"青黑色颜料"污染过的"玉",按照引申逻辑推理,"黛玉"有一种引申义就是"被污染了的女人"。

但是,这种"被污染了的女人"的引申义,我想任何一个中国人或者任何一个《红楼梦》的读者都不会同意，因为这种"引申"本身就曲解了曹雪芹的原意。《红楼梦》中一个人物的名字有它一定的含义，但是它更多地只是一个人物的代号，其含义也绝对不可能完全替代这个人物的品质。我想无论是哪一个国度的读者，也无论他是否读过《红楼梦》，都不会仅仅根据一个人的名字的引申义去评价一个人，更不会因为一个人名的引申义而忽视这个人物在故事情节的发展中缓缓展现的鲜活个性。

再如"鸳鸯"这个词，它的引申义最为明了，就是"成双成对"。但是《红楼梦》中的鸳鸯，就是一个忠实丫鬟，这个丫鬟和"成双成对"的引申义根本就搭不上边，更不能以此引申义来判定这个人的性格和品质。再说了，"jade"还有一个引申义是"马"，难道"黛玉"在西方读者眼中就成了一匹"黑色的马"？

所以，我认为，以这样的逻辑来透视西方人眼中的林黛玉，有裴钰先生"一厢情愿"的嫌疑。

读《闲话红楼——大观园的后门通梁山》

2009年4月，语文出版社推出了一本红学著作——《闲话红楼——大观园的后门通梁山》。这是一位笔名叫"十年砍柴"的学者写的"红楼感悟"。我很早就在网络上看到关于这本书的介绍，但当初它并没有引起我的注意，因为网络上的"红楼文章"多如牛毛，大多都是一家之言式的读后感，如果都去细细读完，恐怕没有那么多的时间和精力。后来我在央视科教频道"读书"栏目又听到对这本书的朗读，这个时候我才留意，于是在书店找到了这本著作。

"十年砍柴"的本名叫李勇，现在一家出版社任职。通读李先生的大作之后，我深深地被他的文化视角感动了。为什么呢？因为他让我看到了一条学术为现实服务的途径。换句话说，这种文化思维能改变红学研究"百无一用"的尴尬局面。

红学的意义，我曾经总结为五个方面。从个人层面上来说，它的意义在于安顿内心，让大文人、小文人包括"无用"文人都可以"乘物游心"。所以我们在网上能看到犹如雪片般的"红楼文章"，承载着作者的情与感、思与想、爱与恨、喜悦与忧伤，四处飘散。但是真正能把"红学研究"与"服务现实"结合起来的人并不多，因为这是一种境界：它需要一份感悟、一份通透、一份豁达，更重要的是要怀揣一份文化传承的情怀。

很多读者都反感为了找到秦可卿与贾珍"爬灰"的证据而四处"考证"，因为这种"考证"的本身就已经玷污了这部伟大著作的文化意义。《红楼梦》的价值不仅仅在于它书中的故事是什么，也不仅仅在于它过去是什么，而在于它现在是什么。"书中"

"过去""现在"便构成了红学形成的三大根源——文本性、时代性、现代性。至于它将来是什么,就因人而异、因时代而异了。于是"将来"便成了红学魅力永恒的召唤。我们在"书中""过去""现在""将来"的时空切换中便可看见五彩斑斓的红学界。

研究《红楼梦》最主要的是要知道"它现在是什么"。其实,这就是我一直推崇的"现代性"。无独有偶,翻开《闲话红楼》,作者在前言里面就首先定义了文学作品的"现代性":

> 就文学作品而言,所反映的现代性,我以为最主要的就是要有人道主义关怀,对普通人的命运要有大悲悯,尊重普通人的尊严和自由。

这样的定义无疑切合当下的现实状态。《红楼梦》的现代性,就是对现代社会、当今生活的切入能力。就当下而言,《红楼梦》的现代性体现的是"人文"与"人道"的双重关怀,由关注伟人转变成关注平民百姓,从关注江山易主的历史风云转变成关注普通民众的所思所想,从关注帝王将相的治国平天下转变成关注老百姓的日常饮食起居。这不是历史的退步,相反却是人类文化思维的一次飞跃。

从四大名著中,我们可以看到一个清晰的向"人文"与"人道"递进的趋势。正如"十年砍柴"在书中所说,在《三国演义》《水浒传》《西游记》中,"少了对生命特别是卑微者生命的尊重"。的确是这样,《三国演义》中,三国鼎立,浩浩荡荡百万雄师,罗贯中什么时候把笔尖指向过一个小卒的内心深处?这些小卒成千上万,并非石头中蹦出来的,都是爹娘所生、有血有肉的鲜活生命,在书中却成了"大人物斗法的垫脚石"。我们甚至不知道他们姓甚名谁,他们的生命在千军万马的铁蹄下犹如草芥。

《红楼梦》传递的对生命的敬重,被"十年砍柴"牢牢地抓住了。他在书中这样写道:

> 《红楼梦》里的人,特别是当奴仆的小人物,活得也不好:他们为了生存必须忍受各种耻辱。但各色小人物,不像前三部小说那样,是沉默的大多数。他们各有各的性格,各有各的生存之道。曹公是以尊重、理解的情怀来写这些小人物的。心比天高、不甘于当奴才的晴

雯固然值得尊重，但适应环境、游刃有余的标准丫鬟袭人也并不讨厌。甚至赵姨娘、王善保家的等中年女人，属于贾宝玉超级讨厌的类型，其可叹可悲可怜亦有缘由。可以说，《红楼梦》中每一个人都得到了尊重。

《闲话红楼——大观园的后门通梁山》这本书，最闪亮的一个特点就是：以《红楼梦》中的故事为叙述平台，建立了一个透视当今社会的窗口，并用幽默又富有现代气息的语言表达出来，让人耳目一新。例如在《大观园为什么非盖不可？》一节中，作者这样写道：

> 《红楼梦》中的"一号形象工程"无疑是为了迎接贾元妃回乡省亲，而兴建的大观园及其配套工程。这是个不折不扣的"政治工程"，但按照现在某些经济学家的理论，它依然具有非常重要的经济价值，对拉动长安城的内需、提高当地的经济增长率有不可忽视的贡献。

该作者在书中还这样解释"大观园配套工程"的经济适用性：

> 这么浩大的工程修建，首先刺激了当地的建筑业，建材价格飙升，建材企业的股票暴涨是肯定的。除此之外，花卉、苗圃、家具、养殖业等多种行业得到了拉动。除此而外，接驾还创造了不少就业机会，建房子的、搞装修的、搞绿化环卫的、维持安全秩序的，能容纳解决多少人的饭碗呀。除政治、经济价值外，从姑苏买来那十二个唱戏的女孩子，请来妙玉等一干尼姑，也间接地促进了文化、宗教事业的发展。

在这些幽默而生动的表述中，我们看到的不是一个贾府的私宅建筑问题，而是当今社会的某些现象。这种文化视角，正是《红楼梦》"现代性"的最好展现。

附录

马经义对话四川大学《星期天》杂志社记者

（下文中的"郑"代表记者郑秋轶，"马"代表本书作者马经义。）

郑：现在还能背《葬花吟》吗？

马：呵呵，当然能。我三四岁的时候就在父亲的教读下背熟了。在我的印象中，我几乎没有为了研究《红楼梦》去刻意背诵过其中的诗词，都是小时候当儿歌背会的。

郑：你记得参加过多少次研讨会和讲座吗？

马：具体的次数我不记得了，很多。但是给我印象最深的是1998年为我举办的"《红楼梦》梦幻结构说研讨会"，那个时候我还在上高中。红学前辈们对后学的关爱，让我感受颇深。其次就是2002年去中国科学院研究生院做讲座。那个时候我上大二，我讲授的对象却是各个学术领域的博士、教授。所以，我也就幸运地成为第一个以在校大学生身份到中科院去做讲座的人。

郑：什么是红学？

马：在学术层面上来说，红学就是以《红楼梦》作为窗口和引子，透视、欣赏、研究、传承中华传统文化的学问。作为一个生命个体，我心中的红学就是一种安顿我内心的方式，从中我找到了一份生命存在的文化依托。

郑：《中国红学概论》的出版几经周折，失望的时候，有没有想过放弃？

马：虽然几经波折，失望的不外乎就是一条道路行不通又得去寻找另外一条出路，但是始终没有放弃过，因为我有一个能让我自由地"思其所思，做其所做"的家庭，有一直支持我、鼓励我的父母。在这一点上，我时常感动得无以复加。

郑：《中国红学概论》的期待读者是谁？
马：普通民众。

郑：可不可以把《中国红学概论》看成一部具有指南性质的工具书？
马：可以这么说。但是"概论"真正的意义，是想让普通民众了解这两百多年被人顶礼膜拜的红学家们都在做些什么，想让人们知道红学不是神秘的——它朴实、温暖。我们不需要把《红楼梦》置于庙堂，而应让它和我们一起永远生活在现实社会之中。

郑：你在梳理过程中有没有注入自己的立场？
马：这个"立场"不在于红学学术研究本身，而是一种史学立场。换句话说，梳理红学，不能卷入学术纷争，就需要有自己的史学观：要立身于红学之外，处在史学之上，才能识其源、辨其径。

郑：你是怎样想到用"四篇"概念来划分红学研究领域的？你划分的依据是什么？
马："四篇"概念是我对红学研究领域的划分。任何一门学科，对其细化分类，其实都是著作者一种治理学术的技巧。专业、学科的划分便于我们更好地学习与研究，最终达到门类之间的融会贯通。可以说学术治理的极致就是"融会贯通"，所以类别领域的划分就是通向"融会贯通"的阶梯。如果说划分的依据，其实就是这些年自己红学研究的感悟。

郑：你认为"内学"是红学的主干，但"外学"历来又被众多红学家奉为"真红学"。二者矛盾吗？

马：不矛盾。被众多红学家奉为"真红学"的"外学",在我看来,就是为深入"内学"所做的基础研究。只不过在那个时间段,红学家们的精力大多都集中在"外学"的研究上,所以这种学术潮流可能就导致他们认为,这样的研究方式、方向才是"真红学"。红学有历史,意味着红学是变化的。陈维昭先生说,红学具有超强的现代性。现代性不是指具有现代人的思想,而是对现代生活、社会的一种切入能力。而现代红学的切入,就是以《红楼梦》作为引子研究中华传统文化。这也是当今时代的文化主题。所以"内学"成为红学主流也就自然而然了。

郑：你认为,真正的红学是以《红楼梦》作为窗口和引子,透视、欣赏、研究、传承中华传统文化,让人明辨是非、美丑、善恶,启迪人类新思想、新思路、新视角、新方法,最终使人了解自我、实现自我、超越自我的学问。但是当一个概念无所不包的时候,它就有失去概括能力的危险。红学真能负载那么强大的功能?

马：你说得很好。当一样东西,我们赋予了它太多的意义,反而就失去了意义。我定义的红学说穿了就强调两个层面——"文化"与"自我"。这两个层面相互交融渗透。无论是"透视、欣赏、研究、传承"还是"是非、美丑、善恶",既有文化的层面,又必有自我的参与。红学负载的功能,说白了就是自我感悟生命之后,面对人生、人性、社会、文化、形形色色的关系网络,让自我做出一种判断,并在属于自己的传统文化之中找到一份存在的理由。

郑：十年前,在你的第一篇红学论文中,你提出《红楼梦》的"梦式结尾说",引起较大反应。但有人认为,这并不是建立在考证的基础上,而是从美学的角度对《红楼梦》文本做出的阐释,且论据尚嫌单薄。现在,你再看这篇文章是什么感受?还坚持原来的观点吗?

马：现在回过头来看十年前的文章,感受就两个字——稚嫩。但与此同时,我又看到了我学术思想体系的原始起点。虽然没有"绿树成荫"的雄风伟姿,却不乏生机勃勃的潜在力量。至于"梦式结尾说"的学术观点,更多的还是从阐释学、美学的角度来研究分析的。我不能保证能说服每一个人，至少我打开了一个欣赏《红楼梦》的新窗口。

郑：请阐释一下你对红学未来走向的判断。

马：我时常说，《红楼梦》的伟大，归根结底还在于中华文化的伟大。红学就是千万条通向中华文化的道路之一。我觉得，红学并不站在它的时代之外，而是依存于时代，所以，红学的未来就是一个时代文化的未来。真正的红学是时代文化的精华。

郑：你提出的"梦幻结构"把《红楼梦》前八十回分为六个部分，共十二个梦。其中第四个部分有点特别，属于无梦部分。可以解释一下吗？

马：这个无梦的部分，是最重要的部分，我把它称为"梦中之醒"。曹雪芹把人的生存样态归结为"一场大梦"，但是从根本上讲，此种"归结"还只是以单纯感受的方式来进行的。因为曹雪芹自己仍处在这种生存状态之中。虽然"世人皆醉我独醒"，但是他找不到参照物来对比这一"人生大梦"。他所处的历史状态使他不可能找到这样的参照系。他生活了，体验了，却是以传统的方式和情怀；他怀疑了，绝望了，却无法超越此种怀疑和绝望产生的历史前提。

郑：俞平伯说《红楼梦》越研究越糊涂。有人认为导致糊涂的原因是"脂砚斋"这个人在作怪。据你的研究，脂砚斋究竟是谁？他的出现有什么作用和意义？

马：其实，脂砚斋是男是女？不详。姓甚名谁？不知。生于何年，死于何月？不清。与曹雪芹有何因缘？不晓。与《红楼梦》有何关系？不明。"脂批"有何价值？众说纷纭，见仁见智。种种疑问使得"脂砚斋"的面目早已模糊不清了，但如此含糊的"脂砚斋"为何经过近百年的红学变迁竟然仍位列于四大"外学"之中，跃居"脂学"之尊？很坦诚地说，我到现在为止也没有揭开这个谜团。至于"脂砚斋"的作用和意义，尊"脂"者肯定其语，赞美其词，以此作为考证的依据；反"脂"者寻根究底，自圆其说，以其人之道而还治其人之身。

郑：有人说"20多岁，不是写红学史的年龄，60岁也未必写得好"，对于一个"80后"的年轻人谈论红学，很多人都有疑问：能谈出些什么？你怎么回答？

马：真正看得懂《红楼梦》的人，是在人生的各个阶段都有所感悟的人。换句话说，我们对待生活需要有一种时时感悟、处处体会的态度。至于一个"80后"去写红学史，对我来讲，不外乎就是一个普普通通的中国人可以通过《红楼梦》去完成一个自我心有所得的呈现，再通过几年的时间把这种"呈现"化为铅字而已。

郑：《中国红学概论》出版后，读者反馈信息有三类：第一类，善意地指出错误；第二类，诚恳地探讨；第三类，严厉地指责。请问都有些什么指责？有多尖锐？

马：我看待事情，总喜欢把它放到善意的层面。"指责"的本身，我认为就是一种"规范"，只不过方式不一样罢了。任何一个人的知识体系都是有缺陷的。无论别人用哪种方式给你指出来，只要是对的，你都要去认真对待。一个学人，应该要有这样的一份豁达。

郑：梳理完"百年红学"，你感觉遇到了"学术瓶颈"。正如你所说，"一个人在一个领域达到一定高度后，无论你如何用力，再往前挪动一小步，都很困难"。你的知识缺陷或者"学术瓶颈"在哪里？你准备如何突破这个瓶颈？

马：在中国传统文化中，最强调一个"悟性"，悟性的高低成了判断一个人聪明与否最重要的标准。但是"悟性"的获取，是基于人生的阅历，所以说我现在的"瓶颈"就是人生阅历尚浅。这个需要时间。对于知识本身来说，我倒认为，它的获取是一个日积月累的过程，只要秉承"知之者不如好之者，好之者不如乐之者"的态度就可以突破"知识的缺陷"了。

郑：有学者认为红学研究已走到尽头，现在的形势有点像贾府，已显颓势了。你怎么看？

马：这是红学大家刘梦溪先生说的。对于这种观点，我的意见刚刚相反：不仅没有到达尽头，而且是刚刚起步。如果从"外学"的研究状况来说，确实走到了尽头，但是这意味着什么呢？基础的工作完了，红学的主干"内学"就是启动的时候了。

郑：你认为红学走出书斋，走向大众，有必要吗？红学家需要去做哪些工作？

马：不是有没有必要的问题，我们做红学的目的就是让它通向大众。这样的做法也才符合红学的终极目的——希望每一个人都能过上让自己内心安定、安宁而和谐的生活。一切学术都是为民众服务的，它如果不走向大众就失去了存在的意义和价值。我认为的红学家就是一座连接红学与普通民众的桥梁。

郑：红学推广，面临的最大困难是什么？

马：现在的红学太学术化，所以当下我们要做的，就是寻找一种合理的并适合大众接受的途径去推广它。但是这样做，一个新的矛盾就产生了，就是当今的红学家，到底是以学术本身为主还是以推广现有的学术成果为主。我自己认为，需要有一批既懂得学术又懂得传播的"中间人"来做这样的工作。

郑：你认为文学的价值是什么？

马：从社会层面来说，它是形成一个民族灵魂的原始素材。从个人层面上来说，它是文化传承的载体。

郑：你怎么看待孔子和庄子？

马：呵呵，这个问题好大。一句话，孔子就是我的"八小时之内"，庄子就是我的"八小时之外"。

郑：高二时你曾想到偏远的山村去教书，过"一亩三分地，悠然见南山"的田园生活。为什么年纪轻轻就有归隐之心？跟你少时的经历以及对《红楼梦》的阅读有关吗？

马：其实算不上归隐之心，可能就是向往一种自由自在的生活方式。我小时候看《红楼梦》就羡慕大观园的生活，因为在我的记忆当中，贾宝玉为了躲避他的父亲贾政，最好的办法就是藏在大观园——不出去。而贾政除了在大观园刚刚修好之后，为了查看工程进去过，之后就很少去大观园，或者说绝不会因为要批评宝玉而去大观园。所以那时，大观园在我心中就像避风港一样。后来我想去山里教书，可能和想找一个避风港有一定的关系吧。

郑：一次旅行之后，你的目标就转移到了"社会中的大自然"——高校与学术。是否在你看来，高校与学术是安顿你自身的一方净土？

马：很坦诚地说，我把高校和学术看成最适合自己的一种生活状态。"一方净土"永远在自己的内心。内心与外在，不能总是处在矛盾之中，而高校和学术刚好能提供给我这样一种内心安顿的外在条件。

郑："画中有诗，翩然共舞，形神俱化，山水之中，忘了归期。"除了红学，"诗化的自然"是否是你的另一归宿？

马：在《红楼梦》中，最核心的就是一个字——情。而这个"情"在自然层面上来说，就是人对自然的敬畏与顺应。在中国文化中，"天人合一"也是文人追求的一种境界。我也是其中之一。

郑：你说你和红学的情缘，恐怕这辈子也是斩不断了。这条路，你一个人走了十年。请讲讲其中的甘苦。

马：十余年来，我为《红楼梦》付出了很多，红学馈赠于我的也很多。然而，为了红学我也失去了很多。我并非在此抱怨，而是想传递一种生活的态度——选择的本身就意味着放弃。这是无可奈何的现实，也是鱼和熊掌不可兼得的哲学真谛。我们千万不要因为"放弃"而郁郁寡欢，事实上我们握住的永远是当下，选择的是未来的方向，驾驭着的是属于我们的快乐。我们对"选择"与"放弃"应该要有这样一份豁达和通透，而苦也会在这份豁达和通透之中转化为甘。

郑：写完《中国红学概论》，你说你"只是一个凡人"。猛然抬起头，是否觉得生活有些单调或者缺少什么？这样的生活方式适合你吗？有没有向往过别样的生活？看你的文字，发觉你有时候也寂寞难耐。

马：哈哈，（我）一直都是一个凡人。写《概论》，我前前后后花了四年的时间。在这四年之中，我的精力都集中在一点上。后来"功德圆满"，突然感觉失去了方向。其实这是人的思维惯性所致，就像一辆车一直都用很快的速度向前奔跑，到了目的地，突然停下来，总还有一个惯性存在。调整一段时间就好了。其实我一直都是一个很寂寞的人，现在已经习惯了这样的生活：孤独自有孤独的乐趣。你体会到了，可能就会爱上。

郑：关注你的朋友说，你为什么老写学术文章，拜托写写你自己的生活。你平日的生活是什么样的？

马：就是这样的，没有刻意为了做而做，做学术就是我的生活方式，就像别人喜欢打球一样。

郑：你是一个严肃的人吗？

马：在生活上，我是一个喜欢玩笑的人。朋友们都喜欢和我在一起玩，因为生活就需要这样。

郑：你在一首小诗里写"也许/你关注的/是我飞得高不高/谁/又来测量/我飞得累不累"，有"音实难知，知实难遇"的感慨？

马：是，可能和我的生活方式有一定的关系。我是一个思想独立性很强的人，所以很难有人能真正进入我的生活。

郑：花两年时间写完《中国红学概论》，你曾一度感到迷茫。为什么？你的下一个目标是什么？

马：准确地说是用了四年的时间来做这件事情，收集整理文献资料就花了两年的时间。到现在我想不会再在红学里"转悠"了，至少近几年不会。我想把自己的视角放到中华文化的大背景中来，这样我的眼界才能更开阔。

郑：在你的文字中能读到这样一些话——"为什么人稍稍做点学问就变得如此单调与窘迫呢？如果每宗学问的弘扬都要以生命、爱情的枯萎为代价，那么世间学问的终极目的又是什么呢？如果精神和体魄总是矛盾，深邃和青春总是无缘，学识和游戏总是对立……"面对孤独的学术生活，你是否也曾躁动、不安甚至抱怨？你是否想过，如果没有选择红学研究，你的生活会是怎样的状态？

马：这段话是余秋雨先生说的。其实累也是有的，烦躁也是有的。我采取的方式就是睡一大觉，第二天精神状态一好，什么事情都没有了。如果没有选择红学会是什么样？我没有去想过。可能这就是《红楼梦》中的"宿命"色彩吧。

郑：你的文字风格跟一般的"学院派"不大一样，没有复杂的欧化句式和学术腔，很省净，很恬淡，甚至有隐逸的倾向。这是否跟长期研究《红楼梦》有关？

马：没有刻意地去追求。我的文字表达，第一个目的就是让人看懂，而且我喜欢简约而不简单的表达方式。也许这就是造成我"风格"的原因吧。

郑：你怎么给自己的角色定位？学生？学者？文人？

马：学人——一个学习着我们民族文化的学生，用自己的方式承袭经典的人。

郑：你全家都熟读《红楼梦》吗？据说你有个具有传奇色彩的父亲。请谈谈你的医文世家。

马：读，都读，但是，都只是爱好而已。我的父亲是颇具传奇色彩的人物。他的故事都记述在他的传记《奋进者的足迹》中，有机会可以看看。我们家虽然算不上大富大贵，但是文化氛围却比较浓厚。祖父辈就是读书人，世代悬壶济世。

郑：绵阳的红学研究为什么一枝独秀？其氛围有没有群众基础？其环

境对你有什么影响？

马：绵阳是一座兼科技与文化于一体的名城。它与红学更有着斩不断的历史渊源。在《红楼梦》版本史上，孙桐生无疑是一个值得重视的人物。这位早期的红学家就是四川绵阳人。如果说孙桐生是绵阳的第一代红学家的话，克非与周玉清两位先生便可称为绵阳的第二代红学家。克非先生以文学创作见长，在红学领域主要研究"脂学"。周玉清先生被誉为"中国女性续红第一人"。1990年团结出版社出版了周玉清的《〈红楼梦〉新续》，在红学界曾引起热烈反响。应该说绵阳的红学土壤是非常深厚的。这样的一个氛围，对我的影响是"润物细无声"的。

读　后

宋长丰

　　《红楼梦》的作者曹雪芹，十年辛苦著书，虽居陋室而矢志不渝，终成不朽。他的伟大之处在于他创作的小说《红楼梦》至今仍是中国文学的珠峰之巅，无人可以超越。曹雪芹不是神，而是一个凡人，为什么平凡之中却有了伟大？我以为，吾师马经义先生的这本书可能会解答你们心中的困惑。

　　"红学"，被俞平伯先生说越研究越糊涂，亦被刘梦溪先生说已到了穷途末路：架子未倒，内囊却已空了。事实果真如此吗？诚然，在某些时候，你会越研究越糊涂。贾母到底喜欢宝钗多一点还是黛玉多一点？黛玉最终是怎么死的？宝玉和湘云最后有没有走到一起？这些问题，都没有确切的答案。那么红学研究是否马上就要寿终正寝了呢？陆放翁的一句诗正好可以做出最好的诠释，那就是"山重水复疑无路，柳暗花明又一村"。不得不承认，红学的资料考证、曹雪芹及其家世研究、脂批解析、版本讨论以及探佚学方面，在新的证据未出现前，基本没有太惊人的进展。但是若深入著作内部去，却又别有一番趣味，可谓拨开云雾、复见青天。

　　马老师通过对《红楼梦》的苦心研究，用"文化基因"来系统而详细地阐释论证书中出现的种种"疑云"。曹雪芹为什么想到这么写？他在这样构思的时候是有意为之，还是不经意间的自然流露？为何最终书名为《红楼梦》，其寓意是什么？为何《红楼梦》中通篇与"十二"结下了不解之缘？为何《红楼梦》有那么多的儒道思想、宿命观点？为何贾宝玉不喜欢读书，但身上却有一种儒雅气质，还写得一手好诗好文章？……这些问题，相信你读了本书，自会恍然大悟。

从"文化基因"角度看《红楼梦》，似乎仍然是就"红"论"红"，实则不然。因为马老师的眼光和角度早已透过《红楼梦》这个窗口，深入到中华文化这个"大自然"中，并且由故事说文化，最后笔锋直指人性。

几乎每一个中国人在不同的人生阶段都可以在《红楼梦》中找到自己的影子，都可以用当下的经历去比对书中的生活，会发现历史有惊人的相似之处。这并非曹雪芹未卜先知，而是因为我们都是龙的传人，喝着黄河长江的水长大，身上自然就承袭了这一份"文化基因"。只不过曹雪芹将其用语言文字表达了出来，获得了大众的认可与赞叹。你也许会感慨一句："噢！原来如此！"

从"文化基因"角度研究《红楼梦》，不存在资料是否匮乏的问题。只要《红楼梦》这本书存在，平台就存在。《红楼梦》中体现的"文化基因"还远远不止本书提到的那么多，见仁见智，大家都可以说出自己的观点，只要莫硬说曹雪芹也是这么想的就对了。曹雪芹哪能想到这么多呢？他的初衷是很单纯的，可能连他自己也没想到能产生这么大的效应。艺术作品，刻意为之的多半不是佳作，随性而成的往往能名垂青史。

马老师的这本书，都是一些学术散文。文章除具有学理性外，本身就是一篇篇美文。真理往往不是枯燥的说教，它传递的信息永远是温馨朴实而又历久弥新的。

我读"红"也晚，幸喜有马老师在前面引导。我们虽名为师生，而实为朋友。鲁迅先生就曾说过，青年又何必寻那挂着金字招牌的导师呢？不如寻朋友，联合起来，同向着似乎可以生存的方向走。马老师治学严谨，为人热情，曾邀我与他一同校稿，有幸将本书的所有文章通读了一遍，受教颇多，尤其对红学今后的发展有了更多信心：让红学走向大众，让大家了解这门学科，让人们不再认为是曹雪芹以及《红楼梦》养活了一大批无用文人，更要通过传播手段推广《红楼梦》以使更多的人了解和热爱祖国优秀的传统文化。前途漫漫，任重而道远！

"寸径之木，前人已凿九分，吾仅一分之透。"这是马老师的谦虚，也是事实。我后辈学人唯有更加勤勤恳恳、慎思明辨，方能尽绵薄之力，使中华优秀文化薪火相传而经久不息。